Karin Brose

Ein Kreuz mit Kugelschreiber...

Karin Brose, Autorin und Malerin in Hamburg, berichtet in ihrem Buch „Ein Kreuz mit Kugelschreiber" über eines der wichtigsten Jahre im Leben einer Studienrätin. Voller Selbstironie lässt sie den Leser daran teilhaben, wie eine Oberschenkelhalsfraktur ihr Leben total umkrempelt und sie ihr großes Glück findet. Ein Lesevergnügen der besonderen Art!

Karin Brose, Jahrgang 1950, arbeitete 42 Jahre als Studienrätin. Sie ist Autorin, Freie Journalistin Kolumnistin und Malerin.

Karin Brose

Ein Kreuz mit Kugelschreiber...

Impressum
© Dieses Buch ist urheberrechtlich geschützt. Alle Rechte vorbehalten. Die Verwendung des Textes, auch auszugsweise, ist ohne schriftliche Zustimmung urheberrechtswidrig und strafbar. Dies gilt insbesondere für jede ungenehmigte Vervielfältigung, Übersetzung oder Verwendung in elektronischen Systemen. Der Inhalt dieses Buches ist frei erfunden. Sollten Ähnlichkeiten oder Übereinstimmungen mit realen Personen vorkommen, sind diese rein zufällig und nicht beabsichtigt. Die Autorin übernimmt nicht die Haftung für Schäden, die durch Nutzung dieses Buches entstehen.

Produktion Karin Brose, Hamburg
Oktober 2016
Coverfoto: © Karin Brose
Bilder: Karin Brose (www.brose-artworks.de)
Neufassung von >Schwarzer Adler über mir<
Herstellung und Verlag: BoD - Books on Demand, Norderstedt

ISBN 9783743102248

Ein Unfall ist schlimm. Ein Unfall ist eine Chance. Meiner hat mich ins Glück gestürzt.

Dem immer wiederkehrenden schwarzen Adler, der meinen Lebensmut forttragen wollte, habe ich den Mittelfinger gezeigt. Ich weiß, so etwas tut man nicht, aber ich bin schon lange kein braves Mädchen mehr...

„Van Gogh, bist du oben?" – Die Tür fällt ins Schloss. David kommt heim. Mein Herz hüpft vor Freude. Obwohl wir schon seit fast sechs Jahren ein Paar sind, freue ich mich noch immer, wenn ich ihn sehe. Er ist ein Traum, dieser Mann, obwohl er Lehrer ist. Oberstudienrat, um genau zu sein. Unglaublich! Gerade einen Lehrer wollte ich nie. Er auch nicht! Lehrer sind komisch, leider meist nicht ha-ha-komisch. Ich muss das nicht ausführen, denn jeder weiß wohl, was ich meine.

Ich bin natürlich nicht Van Gogh. Aber ich male. Ich verschwinde für Stunden in meinem Atelier und vergesse zuweilen die Zeit. Völlig entrückt ergebe ich mich Formen und Ideen, die aus mir heraus wollen. David holt mich dann meist in die Realität zurück, weil er – ganz von dieser Welt – Hunger oder ein ähnlich dringendes Anliegen hat. „Van Gogh, was wollen wir essen?" „Ist mir egal, Schatz, was du möchtest!" Ich versuche, mir die Störung vom Hals zu schaffen, indem ich ihm die Wahl lasse. Aber er weiß das und insistiert.

„Liebes, ich koche, worauf du Lust hast:" David ist ein Spitzenkoch und dieses Angebot ist verlockend. Also lege ich doch den Pinsel aus der Hand und steige die steile Treppe aus dem Atelier hinab. Da steht er, der Mann meiner Träume und umarmt mich zärtlich. „Schön, dass du da bist. – Also: was möchtest du essen?" „Flammkuchen?" „Gute Idee, du hast noch 40 Minuten." Rasch entschwebe ich wieder in die oberen Gefilde, um noch ein paar Striche zu wagen und die Pinsel zu versorgen. Sie sind kostbar und ich bin bemüht, sie deshalb nach dem Gebrauch sorgfältig zu waschen, damit sie nicht verderben.

Bald zieht der Duft des fertigen Flammkuchens bis zu mir ins Atelier hinauf. Mir läuft das Wasser im Mund zusammen.

Ich schnappe mir das noch feuchte Bild und steige die steile Treppe vom Atelier hinab. David ist immer der erste, der ein Bild zu sehen bekommt. Er ist ehrlich in seiner Kritik. Wenn ihm etwas nicht gefällt, sagt er es genauso, wie er ein Werk lobt, das ihn begeistert. David liebt interessante Hintergründe und auch meine Hamburger Tussis sind nach seinem Geschmack. Was das ist? Das sind freche, mit Erotik spielende Frauenfiguren.

Wie Yin und Yang

Ohne David möchte ich nicht mehr sein. Auf ihn kann ich mich tausend Prozent verlassen. Er ist meine andere Hälfte, er ist mein Yang. Ein Mensch, der mich verwöhnt. Das hat es zuvor in meinem Leben noch nie gegeben. Unvorstellbar!
„Schatz, darf ich dir noch etwas zu trinken holen? „Lass mal, ich bügle deine Blusen nachher." Wie unglaublich ist das?! Dabei ist er ein typischer Widder, also ziemlich dickköpfig, ein wenig rechthaberisch und zuweilen sogar stur. Ein Mann eben.

David ist tatsächlich fast immer gut gelaunt und dabei äußerst anziehend. Mit ihm ist alles leicht. Nichts wirft ihn aus der Bahn. Das tut mir gut, die ich gern zu ernst und introvertiert bin. Wir ergänzen uns, auch was das angeht. Und ich genieße es!

David spricht – sprechen, von reden, bekennen – was für viele Männer nicht gerade typisch ist. So lässt er keine Gelegenheit aus, mir zu sagen, wie

glücklich er mit mir ist. Auch ich bin so irre happy,
wie noch nie! Dieser Mann gefällt mir so sehr, dass es manchmal wehtut. Ich schaue ihn an und mein Herz geht auf. Das Gefühl, emotional angekommen zu sein, ist überwältigend. Das klingt übertrieben? Kann sein, aber wenn es nun einmal so ist? Eine ganz neue innere Ruhe und Entspanntheit bestimmt meine Tage. – *Weib, kannst du es glauben*?
Das hört sich langweilig an? Ganz im Gegenteil! Wir färben unseren Alltag gemeinsam bunt.

Reisen...

Wir machten Ferien in Port Andrax. Die Wohnung meiner Freundin Carol liegt hoch über dem Hafen. Von der Terrasse kann man die einlaufenden Schiffe und das rege Treiben der kleinen Fischerboote beobachten. Hier weht einem die pfirsichweiche Luft Mallorcas um die Nase. Ein traumhafter Ort! Wir erkundeten historische Orte der Insel und fuhren zum Baden nach St. Margot, einer winzigen Bucht mit glasklarem Wasser. Hier schwamm man mit den Fischen um die Wette. Bei einem Glas Wein und gebratenem Fisch genossen wir abends in dem kleinen Restaurant am Rande der Bucht unser Dasein. Draußen im offenen Wasser kreuzten große und kleine Jachten. An manchen Abenden waren wir die letzten Gäste. Wenn der Patron anfing, die Stühle hochzustellen, war das unser Zeichen, uns auf den Heimweg zu machen. Bis zum Parkplatz hatten wir jedes Mal eine kleine Klettertour über die Felsen zu bewältigen.

Eidechsen huschten erschreckt davon. ich hoffte immer, es möge sich nicht mal eine giftige Schlange gestört fühlen.

Bei einem unserer zahlreichen Einkaufstrips nach Palma stahl man David – vermutlich in einem Café – sein Portemonnaie. Er hatte es in der Hecktasche seiner Jeans stecken gehabt. Sowieso eine Unsitte. Wer möchte so einen ausgebeulten Hintern ansehen? Tja. Wir lernten daraufhin drei Sorten spanische Polizei kennen, bevor es gelang, Ersatzpapiere zu bekommen, damit David überhaupt nach Hause fliegen konnte. Viel Lauferei, viel Ungereimtes. Uns gingen fast zwei Tage damit verloren, unsere gute Stimmung nicht.

Am letzten Urlaubstag kam der Holländer vom Nachbarappartement an unserer Terrasse vorbei, als wir gerade wieder einmal die herrliche Aussicht genossen. Er fragte David, ob er auch die Tiere da unten am Hang gesehen hätte und wie die auf Deutsch wohl hießen. David wusste nicht, welche Tiere er meinte. Der Holländer erklärte: „Bei uns heißt das „geit", in English ist es „goat". „Ach ja," sagte David, bei uns heißen die „Katzen".

Selten so gelacht! David hatte wohl die vielen Katzen vor Augen, die Carol dort verbotenerweise anlockt und füttert. Sie hat ein großes Herz für die Kreaturen dieser Welt, was die Verwaltung der noblen Wohnanlage nicht ganz teilt.

Im Herbst hatten wir ein Haus in Dänemark gemietet. Mitten in den Dünen, mit Blick aufs Meer, fühlten wir uns wie im Paradies. Wir wanderten stundenlang am Strand entlang oder lagen, dick eingepackt, auf unserer Terrasse in der Sonne. Abends zündete David den Kamin an und wir genossen unser Dasein, meist bei einem guten Glas Rotwein und kleinen Leckereien. Wir fühlten uns wie zu Hause, denn die Einrichtung des Hauses war ganz unser Stil. So verging unsere Ferienwoche viel zu schnell.

Konzerte und Theater ...

sorgen in unserem Alltag für Highlights. Wir sind meist spontan und entscheiden kurzfristig, was wir sehen wollen. Da unser Geschmack ähnlich ist, einigen wir uns ohne Probleme. Das ist schön, denn sonst müsste womöglich jeder allein gehen!

Dass das manchmal daneben geht, können wir verkraften. So an dem Abend, als David mich ins Ballett einlud. Ich war entzückt, weiß ich doch, dass er sich für Tanz nicht begeistern kann und ausschließlich mir eine Freude machen wollte. Es hatte nur noch Restkarten für diese Aufführung gegeben. So saßen wir im oberen Rang ganz links. Mir schwante schon beim Betreten der Sitzreihe Übles. Von der Bühne sahen wir von diesen Plätzen nur einen schmalen Streifen durch die Balustrade hindurch. Ich schluckte meinen Ärger hinunter und wartete die Vorstellung ab. *Immer positiv denken, Weib!* Das Orchester begann zu spielen. Die Musik gefiel mir. Sie spielten – und spielten – vergeblich wartete ich darauf, dass das Ballett begann. Und plötzlich – da, ein paar Beine! Schon wieder weg. Dort, zwei Köpfe! Ganze Tänzer passten nicht in unseren Sichtausschnitt. Von ihnen sahen wir nur dann einzelne Körperteile, wenn sie zufällig in diesen Abschnitt hineintanzten. Fliegende Arme, im Takt zuckende Füße. Meine Enttäuschung lässt sich nicht beschreiben. Ich saß in der Oper und weinte! Zur Pause bat ich David, nach Hause zu fahren. So konnte ich Ballett nicht ertragen. Ihm war es super peinlich, aber er hatte einfach nicht bedacht, dass man Tanz sehen muss, nicht nur um die Ecke hören.

Golf...

ist für uns wie Urlaub. Wenn ich noch daran denke, wie es anfing!...
Freunde sind von Tennis auf Golf umgestiegen sind. Na ja, dachten wir, man kann ja mal sehen. Wir hielten uns für fit und jung genug etwas Neues zu lernen. Der größere Reiz lag darin, etwas gemeinsam zu machen. Welchen Sinn hat es, wenn Paare am Wochenende getrennte Unternehmungen starten? Diese kostbare Zeit sollte man doch teilen, wenn es nur irgend geht. Auch hämische Anmache konnte uns nicht beirren. „Ihr kennt euch doch noch gar nicht so lange! Eigentlich dürftet ihr noch Sex haben. Wieso spielt ihr schon Golf?" Bei Ebay ersteigerten wir Einsteiger-Schläger-Sets, dazugehörige Bags und leichte Trolleys, um all das Gepäck über den Golfplatz bewegen zu können. Das gelang uns zu relativ erschwinglichen Preisen. William, unser erster Pro, war der faulste Lehrer unter der Sonne.

Wenn die Bälle kreuz und quer flogen, sagte er, die Hände locker in den Taschen seiner eleganten Golfhose vergraben und lässig auf seinen braun-weißen Budapestern wippend nur „üben, üben, üben." Das half uns wenig. Trotzdem war David von Beginn an recht erfolgreich, während ich zuweilen noch heute vor Wut in den Schläger beißen möchte. Am Abschlag: „Schatz, hast du meinen Ball gesehen?" – „Klar!" –„Und wo ist er bitteschön?" – „Hinter dir, Liebes, hinter dir!"

Aber wunderschöne Parkanlagen und eine reiche Flora und Fauna entschädigen auch die gefrustete Spielerin.
In der Tat trifft sich auf einem Golfplatz eine Diversität heimischer Tiere. Störche, Gänse, Enten und Schwäne bevölkern die Teiche und Seen, in denen auch der eine oder andere Karpfen sein Zuhause hat. Futter gibt es für die Störche und Reiher genug. Millionen Frösche und Kröten tummeln sich hier. Im Frühjahr kann man die Nutrias mit ihren Jungen beobachten. Man ist

hier Tierfreund. Auch diebischen Krähen wird verziehen, wenn sie den einen oder anderen Golfball vom Fairway stehlen. Dass Milane und Falken die Wühlmäuse jagen, ist sowieso klasse.

Und zuweilen ist Golf richtig lustig, wie zum Beispiel an dem Tag, als David vor dem Ballautomat hockte und verzweifelt nach mir rief. Ich fragte mich noch, was das zu bedeuten hatte, als ich sein Malheur begriff. Er hatte den Token eingeworfen und keinen Eimer unter die Ballklappe gestellt. Nun versuchte er die Bälle, die der Automat ausspuckte – es wurden immer mehr – mit zwei Händen aufzufangen, bevor sie sich in alle Windrichtungen verabschiedeten.

Oder die Sache mit dem Driver! Ich fand es witzig, eine sexy Golferin zu malen, die vor Wut ihren Driver über dem Knie zerbricht.

Dieses Bild habe ich morgens um 9 Uhr auf Facebook gepostet. Es bekam sofort etliche

Kommentare, weil es wahrscheinlich so mancher Facebook-Golferin aus der Seele sprach.

Um 11 Uhr war ich mit drei Ladies an Tee 1 verabredet. Ich ging in Position, sprach den Ball an, holte aus und ...der Shaft meines Drivers brach mitten durch! Da baumelte er gerade noch an einem Glasfiberfaden müde vor sich hin. Die Ladies schauten genauso konsterniert, wie ich, das denke ich jedenfalls, denn mein Gesicht konnte ich ja nicht sehen. War das self fulfilling prophecy oder Hexerei? Gibt es so etwas?

Freunde...

Wir pflegen inzwischen einen kleinen, gemeinsamen Freundeskreis. ..

Eines Abends, nach einem Kinobesuch mit Freunden,... sitzen wir noch in der Alsterperle. Hier am Wasser wird es uns bald zu kühl. Ein Restaurant ganz in der Nähe sieht einladend aus. Die Speisekarte bietet eine reichliche Auswahl deftiger Speisen. „Was bitte ist Presssack?" frage ich die Bedienung. Sie zuckt mit den Schultern. „Keine Ahnung", sagt sie. „Weiß ich nicht". „Geh den Küchenchef fragen", empfiehlt mir David. Ich weiß, dass er glaubt, die Bedienung verstünde den Wink und würde sich schlau machen. Irrtum. Ich habe ein Blind Date mit dem Presssack, der sich um Glück als ausgezeichnet herausstellt. – „Können wir zahlen, bitte?" Die Bedienung hat alles auf einem Zettel. „Getrennt? – Ach!" Sie beginnt, Beträge zu addieren, verliert die Übersicht. Wieder von vorn. Ach nein, doch nicht. „Moment", sagt sie und holt einen

Taschenrechner. Nun schafft sie es, zwei mal zwei Getränke und Essen abzurechnen.

Es ist 23 Uhr. Uns ist nach einem Absacker. Die Weinstube gegenüber hat schon geschlossen. Wir schlendern über die Lange Reihe. Hier ist noch reichlich Betrieb. Lasst uns doch in diese Bar gehen, in die man früher nur mit Gesichtskontrolle hineinkam, schlägt der Mann an meiner Seite vor. Wenn du mit deinem Porsche nicht mindestens dreimal am Eingang vorbei gecrused bist, hattest du keine Chance, erinnert er sich. Wir schon, wirft meine Freundin ein. Wir Frauen lachen. Obwohl die Bar gut besucht ist, finden wir einen Tisch. Die junge Bedienung fragt freundlich nach unseren Wünschen. Rotwein, den hier aus der Karte. Sorry, sagt sie, wir haben die Karte umgestellt. Es gibt jetzt nur noch drei Rotweine. Welche denn? wollen wir wissen. Also wir haben Sauvignon Blanc, Rioja und...ich frag mal eben...und Riesling. Wir können uns das Grinsen nicht verkneifen und bestellen vier Mal Latte Macchiato.

Jeden Monat spielen wir Rommée mit Freunden. Zu Beginn des Abends gibt es immer ein Menü. David ist für Vor- und Hauptspeise zuständig, ich für das Dessert. Sagte ich schon, dass er ein hervorragender Koch ist? Ein wenig stolz bin ich darauf, dass ich Dessert besser kann. Das liegt maßgeblich daran, dass David weniger für Süßigkeiten übrig hat. Allerdings hat er noch keine meiner Kreationen verschmäht. Diese Treffen sind meist sehr lustig, weil viel gefrozzelt wird und es eigentlich keine Problemthemen gibt. Manchmal allerdings geraten die alten Ehepaare ganz heftig aneinander, meist so unbegründet für uns Außenstehende, dass wir uns zweifelnd anschauen und eigentlich lachen möchten, was natürlich nicht geht. Es naht die goldene Hochzeit und sie beharken sich wegen nichts!
Ob die Kasse zwei Euro zu viel enthält oder womöglich jemand dazwischen greift und sein Glas abstellt, wenn der Kassenwart gerade zählt, Auslöser kann alles sein. Für uns ein

interessantes Verhalten, fast wie Kino, sind wir doch (noch?) so weit von dieser Art Stress entfernt.

Diese Treffen gehen meist bis weit in die Nacht. Irgendwann mahnt David zum Abbruch, weil er am darauf folgenden Sonntagmorgen immer zum Fußballspielen geht. Da möchte er gern fit sein, denn es bedeutet ihm ungeheuer viel. Die Jungs und er – toll! Meist geht er mit den Worten „Schatz, heute schieße ich für dich ein Tor." Wenn er das nicht einhalten konnte, weil er wieder einmal den Torwart geben musste, höre ich von mutigen Hechtern nach dem Ball und irren Torwartaktionen. Eines Tages schleiche ich mich mal dort hin und schaue heimlich zu. Es reizt mich jedenfalls sehr, obwohl ich finde, dass das Davids Sache ist, so ein Männerding, und dass ich da nichts zu suchen habe.

Zeit..

David wird noch ein halbes Jahr arbeiten, während ich schon seit vergangenem August morgens ausschlafen könnte. Meine Tage sind trotzdem ausgefüllt. Es stimmt, dass Pensionäre wenig „Zeit" haben. Wenn ich nicht gerade Dienst im Ehrenamt tue, schreibe ich an neuen Büchern oder male, was mich drängt. Freie Wände gibt es in unserem Haus inzwischen nicht mehr. Obwohl ich mich freue, wenn ein Bild verkauft wird, trenne ich mich jedes Mal nur schwer davon. Der Gedanke, dass ich es nicht mehr wiedersehen werde... – Seit ich David kenne, reime ich auch. Plötzlich schießen mir die Worte nur so ein. In gewissen Situationen, sträubt sich mir das Nackenhaar und ich muss dichten! Unglaublich, was eine Muse bewirken kann! Heißt ein Mann eigentlich auch „Muse" oder ist der ein „Muser"? – Ich habe binnen kurzer Zeit Hunderte Gedichte geschrieben. Meist sind sie sehr persönlich, so wie dieses

Glück

Glück will Ewigkeit,
du wünschst sie dir
– zu zweit.
Glaube mir,
meine Liebe hast du gewonnen,
weil du bist wie du bist.
Monate sind zerronnen,
und es ist wie es ist.
Wie ein Blitz mitten am Tag
durchfährt dich das Wissen,
dass ich dich mag.
Dir wird ganz warm, willst es nicht missen.
Musst mich nicht sehen,
musst mich nicht fassen,
um doch zu verstehen,
du willst mich nicht lassen.
Wir beide wissen genau,
wir werden geliebt!
Für uns ist der Himmel blau,
auch wenn's ihm beliebt
zu weinen.

Eine meiner Tätigkeiten, schätzt David nicht, ich hingegen sehr: Ich bin eine ebay-Queen.

Diverse Designer Teile nehmen second hand den Weg in meinen Schrank. Zuweilen verkaufe ich sie auch wieder. Das ist manchmal recht spaßig: „Sie haben bei den Ebay-Kleinanzeigen transparente Strumpfhosen der Stärke 20 Den inseriert?" fragt eines Tages die sonore Stimme eines Mannes am Telefon. – „Ja?" – Mir geht durch den Kopf, ob er wohl damit handeln will, wie ich, die ich die falsche Größe gekauft und sie dann zwei Jahre im Schrank vergessen hatte. „Ich möchte sie gern kaufen." „Gern." „Könnte ich die bei Ihnen auch anprobieren, Sie schauen mir dabei zu und sagen ob sie mir auch stehen?" „Tut mir Leid, aber das geht nicht." „Warum denn nicht?" „Weil es teure Strumpfhosen sind, die danach womöglich, mit Ziehfäden versehen, nicht mehr zu verkaufen sind." „Ach, schade. Ich möchte sie trotzdem gern kaufen. – Ich würde sie aber schon gern vor Ihnen anprobieren, damit Sie mir zusehen..." – „Sorry, aber dafür bin ich nicht zu haben." „Dann muss ich sie so kaufen. Schade, aber na ja. – Dankeschön und einen schönen Tag!" „Auch für Sie." – „Du Schatz, hat eben das Telefon geklingelt? Habe ich telefoniert?" „Ja, ich hab es genau gehört," sagt David. – Ich fasse es nicht!

Ein paar Tage später moniert David das Gewicht meiner kleinen, schwarzen Bogner Handtasche. Kurzerhand drehe ich sie um und kippe den Inhalt auf den Küchentisch.
Es ist nicht zu glauben, was sich in einer Damenhandtasche ansammelt. Frau fragt sich, warum dieses Ding von Woche zu Woche schwerer wird, wo doch nur das Nötigste darin ist. Bei dieser Inventur findet sich neben Portemonnaie und Brieftasche ein Schminktäschchen, ein kleines Ding mit besonderem Gewicht und Inhalt: ein Überlebensset, Streichhölzer, Schmerztabletten, Zahnbürste, Nagelfeile, Lippenstift, Nähetui, Hygienetüchlein, USB Stick, Schuhanzieher

Taschenlampe, Probierstrümpfe, Taschenspiegel... Auch ohne das Täschchen hat die Handtasche noch Gewicht. Wie kann das angehen? – Beim Ausleeren aller Fächer wächst auf dem Tisch ein kleines Matterhorn aus weiteren 4 Lippenstiften – die Frau nun einmal braucht –Wimperntusche, 17 Zuckerpäckchen – fehlen einem ja immer, 3 Kugelschreibern – wenn einer mal nicht schreibt, 2 Kämmen, Ersatzhausschlüsseln, 5 alten Fahrkarten, einem Golf -Tee, 2 Golfbällen, 3 vertrockneten Kastanien – gut gegen Rheuma, 2 angebrochenen Päckchen Taschentüchern, einer Leseklemmleuchte und einem silbernen Zahnstocher. Braucht man ja immer! – Da liegt das Matterhorn vor ihr und beim Wiedereinräumen, zweifelt Frau, auf welche dieser lebenswichtigen Dinge sie verzichten kann. Wenn sie sie jetzt herausnimmt, wird sie sie garantiert brauchen! – Die Entscheidung ist gefallen: Was auf dem Tisch zurückbleibt, ist kleiner als der Elm.

Mutter...

Jeden Monat treffen wir uns mindestens ein Mal mit meiner alten Mutter. Sie hat sich damals gleich in David verguckt. Er geht ganz entzückend mit ihr um, obwohl es anstrengend ist, dass sich ihre Geschichten, so oft wiederholen. Aber so ist das wohl im Alter. Meist geht es um den Seniorentrefftreff, den Mutter vier Mal die Woche aufsucht.

„Der Heinz hat letzte Woche schon wieder geschummelt! Ich spiel bald nicht mehr." Sie ist sauer. Wer sie so aufregt, ist das einzige männliche Wesen in dieser Runde. Wieder und wieder mauschelt er mit den Spielsteinen herum. „Amanda verteidigt ihn immer", nölt Mutter. „Ist doch nicht so schlimm!", meint David, aber da irrt er offenbar gewaltig. – „Ich glaube, sie ist verliebt", zischt Mutter mir zu, „das kann ja wohl nicht wahr sein! In Ihrem Alter!" Jeden Freitag spielen sie hier im Altentreff Rummikub. Man glaubt es nicht, wie fix die Damen, einige schon über 90, im Rechnen und Kombinieren sind. Heinz hat es schwer, sich zu behaupten, Mann hin oder her. Nur Amanda fühlt mit ihm. Tja. – Samstag ist Bingo. Der Streit ist vergessen. Alle fiebern den Zahlen entgegen, auch Heinz. Es geht weniger um die kleinen Preise, als vielmehr um die Spannung zu gewinnen. „Edith war mal wieder neidisch, weil ich drei Mal gewonnen habe, dabei hab ich die Preise verschenkt. Was soll ich auch mit all dem Kram?" Dass Mutter schon 87 ist, fällt schwer zu glauben. Sie ist äußerst fit und wird gern auf Mitte 70 geschätzt. Mutter rockt den Treffpunkt, sehr zur Freude vieler anderer Damen. Besonders, wenn sie wieder einen neuen Witz von ihrem Enkel mitbringt – „toll, den kann ich zum besten geben, weißt du, manche sind da ja ein wenig prüde!", sagte sie neulich. „Hast du erzählt, dass du dir ne Travestieshow angesehen hast?" Oma lacht: „Man wird ja wohl noch neugierig sein dürfen! – Geht ihr mit mir am Freitag ins Casino? Ich wüsste gern, wie sich das anfühlt, etwas zu riskieren. Ich zahle auch den

Einsatz." So besuchen wir mit Oma das Casino und Oma gewinnt! Völlig cool sitzt sie zwischen den Zockern, grade so, als ob sie nie etwas anderes getan hätte.

David hat Geburtstag. Morgens schicke ich ihm eine Rose in die Schule, bin so verliebt! *Was ist los, Frau?! Bist du das?*

Leider müssen wir meinen alten Kater Merlin in den Katzenhimmel schicken. Ich bin ihm das schuldig, denn es geht ihm nicht mehr gut. David begräbt ihn unter der Forsythie im Garten. Wir stoßen auf ihn an und wünschen ihm eine gute Reise. 18 Jahre war er bei mir. Der liebste, gutmütigste, schwule Maine Coon Kater der Welt. David und ich sitzen in der Nacht noch bis 4:00 Uhr draußen auf der Terrasse, eingepackt in Steppjacken, und vernichten eine ganze Flasche Obstler. Wir reden und philosophieren... Ich bin betrunken, traurig, aber auch glücklich, dass mein geliebter Kater nicht mehr leiden muss und vor allem, dass ich diese schwere Stunde nicht allein schaffen muss. Über uns funkeln Millionen von Sternen.

Geschichte…

Mein Abitur jährt sich zum 45. Mal. „Dich kenn ich gar nicht, aber herzlich willkommen". – Was für eine Begrüßung nach 45 Jahren! – Gespannte Gesichter, neugieriges Herumschauen. Dreizehn Mädels der Abgangsklasse 1970 des damaligen „Gymnasiums für Mädchen am Soldatenfriedhof" sind angereist. Manche wohnen um die Ecke, andere kamen aus München und dem Schwabenland. Nach einem zögerlichen „wohin mit der Quiche? – wie möchtest du den Apfelkuchen schneiden?" tauen wir langsam auf. „Hallo! Du hast dich ja gar nicht verändert!" – Na, nach 45 Jahren? Ich habe einen Spiegel zu Hause! – Aber manche sehen wirklich aus wie immer, nur eben mit den Spuren im Gesicht, die die Jahre dort zurückgelassen haben. Der Informationsaustausch ist in vollem Gange, es wird lauthals gelacht – „weißt du noch, als unsere ganze Reihe in der Mathearbeit eine Eins hatte und Dr. K. die Quelle des Wissens nicht heraus finden konnte?" – als eine plötzlich laut „hallo!" ruft. „Könntet ihr bitte etwas leiser lachen? Manche von uns hört inzwischen schlecht und kann ihr Gegenüber nicht verstehen!" Abwartend schaut sie in die Runde und dann lachen alle zusammen „na klar!" Wir sind 65 Jahre alt. Wer ihn nicht schon vorgezogen hat, geht jetzt in den Ruhestand. Von uns 17 sind 12 Lehrerinnen geworden. Lehrerinnen, Studienrätinnen, Oberschulrätinnen, mit Leib und Seele. Ich fürchte, wir werden eine spürbare Lücke hinterlassen in den Schulen der Republik. Nicht nur, weil bundesweit so viele von uns gleichzeitig ausscheiden. – Beim nächsten Treffen erinnern wir uns wieder an das, was wir in den Jahren bis zum Abi 1970 gemeinsam erlebt haben. – Und jedes Mal wieder. – Ob sie mich beim nächsten Mal erkennt?

Familie..

David und ich haben zusammen vier Kinder aus unseren Ehen. Sie sind inzwischen alle erwachsen und stehen mit acht Füßen im Leben. Was kann es für Väter und Mütter Schöneres geben? Wir genießen die Treffen und freuen uns jedes Mal, wie gut unser Kontakt ist. Wir scheinen wenig falsch gemacht zu haben oder unsere vier sind besonders tolerant und verzeihen uns unsere Macken.

Wir haben ein ausgeglichenes Leben und sind glücklich. Wenn es so etwas wie Wunder gibt, dann erleben wir ganz offensichtlich eines...

Beziehung...

Spezielle Momente im Leben geben Aufschluss über die Art der Beziehung zwischen Menschen.

Als wir uns erst ein paar Wochen kannten, waren wir zu einer Geburtstagsfeier eingeladen. Davids Freund Werner brachte seine neue Freundin mit. Wir kannten sie nicht und sie kannte außer Werner niemanden. Mir war sie sofort unsympathisch. Sie trank zu viel und benahm sich „laut". Eine gewisse Distanzlosigkeit umgab diese Frau schon von Beginn an. Als wir dann zu Abend aßen, bediente sie sich ohne zu fragen vom Teller eines Herren, der neben ihr saß. – ?! – Was war das denn? Der Mann lachte unsicher. Seine Ehefrau schaute leicht angepisst, sagte aber nichts. Beim Nachtisch beugte das Weib sich plötzlich über den Tisch und puschelte David in seinem Haar herum – „Tolles Haar hast du!" – Werner schaute sich das an und wusste nicht, was er sagen sollte. Und mein David? Er quittierte die Aktion mit einem Lächeln „Ja, nicht wahr? Fast so schön wie Richard Gere, oder?" – Damals kannte ich David ja noch nicht lange. Ich fand, er hätte sich diese Vertraulichkeit verbitten müssen oder sich zumindest zurücklehnen können, so dass ihre Grabbler ins Leere gegangen wären. Gesagt habe ich nichts, bin nur wortlos aufgestanden und in den Park gegangen. Ich war mit David gekommen und konnte dort ohne Auto nicht weg. Sonst wäre ich wohl nach Hause gefahren. Ich hatte bestimmt schon eine halbe Stunde auf einer Bank gesessen, als David kam. — Wo bleibst du? Ich suche dich überall. Ist dir nicht gut? – Und dann war ich richtig zickig. – Du hast mich doch nicht vermisst, hattest ja genug mit dem Weib zu tun! – ? – David war völlig konsterniert und konnte nicht einordnen, was gerade geschah. Er war sich keiner Schuld bewusst und hatte den Übergriff dieser fleischfressenden Pflanze schon wieder

vergessen. Was das Schlimmste war, er lachte! – Du bist doch nicht etwa eifersüchtig?
– Doch.
Heute lache ich darüber, denn das Schönste an unserer Beziehung ist, dass wir beide genau wissen, dass wir das, was wir haben, durch nichts riskieren würden.

Und doch gibt es auch nach Jahren immer wieder einmal einen kleinen Rückfall. Verlustängste sind schmerzhaft.

Unlängst war ich mit einem ehemaligen Schüler zum Abendessen verabredet. 16 Jahre hatten wir uns nicht gesehen.

Als wir in das Lokal hineingingen, saß links am Fenster ein Typ mit einer Blonden. Sie unterhielten sich und lachten. Mir wurde sofort schlecht, mein Herz raste – David! – Der Mann dort mit dem weißen Haar und der blauen Jacke sah aus wie David! Ich schaute rasch weg und

folgte der Kellnerin zu unserem Tisch. Sofort stürmten Fragen auf mich ein. Warum hatte er mir nicht gesagt dass er verabredet war? Warum reagierte er nicht? – Kim, ich glaube, da vorn sitzt mein Mann mit einer Frau. – Echt? Ne. – Und dann wurde ich plötzlich ganz ruhig. – Egal, wir haben jetzt einen schönen Abend, das kläre ich später. – Ich sagte mir, dass sich das bestimmt zufällig ergeben hatte. Jedenfalls würde er es mir schon erklären, falls er es wirklich wäre, denn so genau hatte ich ja auch nicht hingesehen.
Ich habe den Abend mit Kim genossen. So viele Erinnerungen an unsere gemeinsamen Jahre in der Realschule. Er ist ein sehr erfolgreicher Mann geworden und ich bin stolz auf ihn und darauf, dass ich helfen konnte, die Grundlagen dafür zu legen. Beim Hinausgehen erkannte ich dann, dass es nicht David war, der dort saß. Das Gute daran? Obwohl ich so erschrocken war, hatte ich keine Angst, hintergangen worden zu sein. Ich vertraue David total und weiß, dass er das auch verdient.

Als ich ihm die Geschichte zu Hause erzählte, hat er sich totgelacht, und das noch tagelang!
Es macht ihm Spaß, mich mit meiner Eifersucht aufzuziehen. Dabei hab ich die inzwischen recht gut im Griff.

Ein ganz anderer besonderer Moment in unserer gemeinsamen Zeit war unsere Kanutour.........

Wir hatten ein schweres Holzboot gemietet und paddelten den Fluss hinab. Ungefähr eine Stunde vor der alten Mühle, wo wir zum Abendessen einkehren wollten und auch unser Auto geparkt hatten, mussten wir durch ein Wehr. Felsen lagen mitten im Fluss. Die Anweisung des Bootsvermieters war „einfach durch" und das versuchten wir. Nur unser Boot hatte das offenbar nicht verstanden, denn als wir das Hindernis schon fast hinter uns hatten, hob sich die rechte Seite beängstigend in die Höhe. Wir verlagerten unseren Sitz, aber das nützte nichts. Der schwere Kahn neigte sich immer weiter, dann schlug er um und begrub mich unter sich. Um mich herum rauschte es und es war dunkel und sehr kalt. Ich begann zu schwimmen, sehen konnte ich nichts. Ich dachte, irgendwie könnte ich nach oben kommen. Meine Kleidung sog sich jedoch voll Wasser und zog mich nach unten. Es war September und ich trug Jeans, Turnschuhe, Polohemd, Pullover, und Regenjacke. Ich schwamm und schwamm, aber ich kam nicht an die Oberfläche und über mir war der dunkle Kahn. Dabei immer die Kälte und dieses laute Rauschen um mich herum! Dann lief ein Film in meinem Kopf ab und mir wurde klar, dass ich sterben würde. Gleich ist es vorbei, gleich hast du keine Luft mehr.. Das machte mich merkwürdigerweise nicht panisch, nein, ich wurde plötzlich ganz ruhig.., so ruhig, als wäre ich bereit, diesen Umstand und das Unausweichliche einfach hinzunehmen. – Plötzlich verspürte ich einen Zug an meiner Jacke und es wurde hell um mich. Luft! Ich japste und wischte mir das mit Algen und Grünzeug verklebte Haar aus meinem

Gesicht. Mir schossen die Tränen in die Augen, die wegen der aufgelösten Wimperntusche wie Hölle brannten. Ich konnte wieder atmen!!! – Die Anspannung brach aus mir heraus, ich schrie und weinte gleichzeitig. David schleppte mich ans Ufer und legte mich im Gras ab. Dann barg er das Boot. „Du warst plötzlich weg", sagte er, „ich bin getaucht, immer wieder! Dann hab unter dem Boot im Dunkeln herumgesucht, bis ich dich endlich gefunden hatte...." Er nahm mich in den Arm und hielt mich ganz fest. Tränen liefen ihm über das Gesicht und er lachte! – Mir war plötzlich sehr bewusst, dass David mir das Leben gerettet hatte. – Irgendwann machten wir das Boot wieder klar und paddelten die restliche Strecke. Ich saß wie erstarrt in dem Kahn und zitterte vor Kälte. Die nassen Sachen klebten an mir wie ein Eispanzer. Es nützte ja nichts, wir mussten ans Ziel, denn dort, wo wir gestrandet waren gab es weder Straßen noch Wege, so dass uns niemand hätte abholen können – selbst dann nicht, wenn unsere Handys trocken geblieben wären.

Das Wetter wird umschlagen. Ich spüre es heute ganz deutlich in meinem Bein.
Der große Oberschenkelmuskel verbreitet einen reißenden Schmerz, als erinnere er sich .....

Das ist doch kein Beinbruch

Im Haus ist es still. Die Katze schnurrt auf meinem Schoß leise und regelmäßig vor sich hin. Zwei Weiber allein zu Hause. Mein Leben steht plötzlich Kopf. Aus vollem Lauf bin ich auf Null gesetzt. Alles, was mich seit Jahren dreht und antreibt, ist in den Hintergrund gerückt. War dieser Unfall nötig, damit ich zur Besinnung komme? Ohne die beiden Krücken bin ich hilflos. Sie lehnen in Reichweite am Tisch. Meine Hände haben Schwielen und Blasen vom Stützen. – Viel Zeit zum Nachdenken.

Wieso fällt mir grad jetzt der Satz „Das ist doch kein Beinbruch" ein? Der soll einen doch beruhigen, nach dem Motto „Es gibt Schlimmeres" – Ich bin ganz ruhig. Es ist ein Beinbruch, sogar der Übelste. Es ist ein Oberschenkelhalsbruch. Zugegeben, objektiv gesehen gibt es Schlimmeres. Für mich als Bewegungsmensch im Moment jedoch kaum.

Die ungeraden Jahre waren mir immer sympathischer als die geraden. Vielleicht weil ich selbst so „gerade" bin und eine große Sehnsucht nach Lockerheit in mir steckt. Jetzt wird mir bewusst, wie unglaublich naiv solche Gedanken sind. Bei allem Glauben an kosmische Strömungen, ein Jahr ist ein Jahr, gerade oder ungerade.
Mit dem vergangenen Jahr ist allerdings eine andere Art Dynamik in mein Leben gekommen, die mir sehr zu denken gibt.

Von meinem Sofa aus, wo mein rechtes Bein auf einem Hoch-Plateau aus Kissen lagert, schaue ich aus dem Fenster. Es regnet. Letzte Schneereste liegen unter den Büschen. Wann war je ein Winter derart lang und trist? Die Vögel lassen sich dennoch nicht von ihrem geschäftigen Treiben ablenken. Ihre innere Uhr gibt an, was an der Zeit ist. Ich vertreibe mir meine Tage mit Lesen. Aber immer wieder muss ich unterbrechen, weil mir Gedanken dazwischen kommen, die mich

vom Inhalt des Buches ablenken. Und dann starre ich ins Leere und verliere mich irgendwo.
Wie konnte das alles nur passieren?

Ich bin Studienrätin. Der Januar ist der stressigste Monat im Schuljahr. Die letzten Klausuren müssen geschrieben werden. Zeugniskonferenzen blockieren die Nachmittage. Ich bin jedoch ziemlich entspannt, denn nach nur einer Woche im zweiten Halbjahr geht meine 8. Klasse in ein Betriebspraktikum. Die erste Woche bedeutet viel freie Zeit für mich. Danach folgen Betriebsbesuche bei den einzelnen Schülern, die ich mir frei einteilen kann.
Am ersten Praktikumstag will ich mittags kurz in die Schule fahren und meine Unterlagen holen. Ich habe die Adresslisten der Betriebe im Pult vergessen. Das Wetter ist noch immer schlecht. Es schneit wieder. Die Nebenstraßen sind total vereist, denn dort wird nicht gestreut. Tiefe eisige Fahrrinnen lassen die Autos wie auf Schienen durch die Wohngebiete schliddern. Vor unserem

Grundstück ist es genauso. Mir macht das wenig Sorgen, denn mein Auto hat Winterreifen. Seit Monaten trage ich Moonboots mit dicken, rutschfesten Sohlen. Ich hole den Wagen aus der Garage. Beim Rückwärtsfahren durch die Einfahrt sehe ich, dass die Kontrollleuchte der Heckklappe brennt. Schon wieder! Diese Klappe nervt. Ich halte draußen vor dem Gartentor noch einmal kurz an, um die Klappe zu schließen und steige aus dem Auto....

...Mein Hinterkopf schmerzt. Ich liege neben dem Auto! Mein Arm ist unter mir begraben. Ich versuche aufzustehen. Es geht nicht. Mein Bein tut höllisch weh. Es liegt genau auf der Eisrinne. Kann mir jemand helfen? Niemand ist auf der Straße. Mittagszeit! Mühsam ziehe ich meinen Arm unter mir hervor und hieve mich an der Autotür hoch. Beim Auftreten fährt mir ein brennender Schmerz ins Becken. Die rechte Hüfte knickt beim Stehen ein. Ich quäle mich ins Auto und fahre es wieder in die Garage, denn hier quer auf der Straße kann es nicht bleiben. Die Stufen zur Eingangstür schaffe ich, indem ich mich am Geländer hochziehe. Mir jagen Gedanken durch den Kopf. Was kann ich verletzt haben? Gebrochen wird ja nichts sein, schließlich habe ich mir auch bei den wildesten Stürzen im Sport noch nie etwas getan. Nach ein wenig Ruhe wird der Schmerz weg sein. Sicher nur eine Prellung. Ich quäle mich die Treppe zu meinem Schlafzimmer hinauf. Die Ruhe macht aber alles erst richtig schlimm. Die Leistenbeuge schmerzt wahnsinnig. An Gehen ist nicht mehr zu denken. Deshalb rutsche ich auf dem Hintern langsam die 18 Stufen der Treppe wieder hinunter ins Erdegeschoss, schleppe mich zum Computer und recherchiere im Internet. Nein! Alles deutet auf einen Bruch hin. Ich rufe sofort meine Freundin an: „Maria, du musst kommen. Ich bin gestürzt und brauche deine Hilfe. " Zehn Minuten später ist sie da. Maria hilft mir beim Anziehen und fährt mich zu einem befreundeten Unfallchirurgen, um das Bein röntgen zu lassen. „Tja," sagt er, „das ist kaputt." – Er erklärt mir die Alternativen, die ich nun habe: Dynamische Schraube oder neue Hüfte. Da ich noch nicht so alt bin – heute allerdings gefühlte 104 – wird es die Reparatur mit der Schraube werden. Im Krankenhaus meiner Wahl ist kein Bett mehr frei. Zu viele Glatteisunfälle. Die zweite Wahl ist deshalb keine. Aber der Chirurg kennt den Professor und kann nur Gutes über ihn sagen. Ich glaube jetzt alles. Liege sozusagen mit dem Rücken an der Wand. So ein verdammter Mist! Mein schönes, gerades Leben macht gerade einen Knick. Mein Standbein trägt mich nicht mehr, im wahrsten Sinne des Wortes.

Ich muss nun dringend auf die Toilette. Die Schmerzen nehmen mir die Luft. Gehen kann ich nicht mehr. „Irgendwo haben wir hier auch so einen Topf", tönt es hinter einem Vorhang. Die Helferin mottet das verstaubte Gerät aus und geht es erst einmal abwaschen. Bei mir drängt es nun wirklich. Wie ich dann dort, den Unterkörper entblößt, unter höllischen Schmerzen über den

Topf hängend Wasser lasse, grenzt an ein Kunststück. Ganz großes Kino! Zum ersten Mal habe ich das Gefühl, meine Würde zu verlieren.

Dann kommt – nach 1 ½ Stunden – endlich der Krankentransport. Sie bugsieren mich liegend, erst in den Fahrstuhl, dann ins Auto. Auf dem Weg ins Krankenhaus geht mir alles noch einmal durch den Kopf. Das träume ich bestimmt. Ich breche mir doch nichts!

Maria hat inzwischen meinen Sohn angerufen, damit er nach der Arbeit ein paar Sachen in die Klinik bringt. Er ist entsetzt. Dass seine Mutter ausfällt, ist nicht üblich.

In der Notaufnahme stehen Betten und Tragen Schlange. Der Dienst habende Arzt begrüßt mich freundlich. Man hat mich angekündigt. Leider ist kein Privatbett frei. Eine Innere Abteilung wurde wegen der vielen Glatteisunfälle schon geschlossen und zur Orthopädischen umgewandelt. Ich komme nach den Aufnahmeformalitäten in ein Doppelzimmer im 4.Stock. Die Bettnachbarin ist auch ausgerutscht und auf den Kopf gefallen. Sie erzählt mir umgehend ihre Krankengeschichte. In meiner unglaublichen Naivität – ich war noch nie zuvor im Krankenhaus – warte ich darauf, dass ich operiert werde. Gegen 20 Uhr teilt mir ein Anästhesist mit, dass ich am nächsten Tag in den schon kompletten OP Plan eingeschoben werden muss. Er weiß nicht, wann das sein wird. Wir besprechen die Narkose. Ich entscheide mich gegen eine rückenmarksnahe Spritze und für die totale Dröhnung. Ich will im Bett einschlafen und nichts mitbekommen. Er erklärt mir die Beatmung und den Einsatz eines Tubus so genau, dass mir übel wird. Zum Schluss weist er mich darauf hin, dass ich immer meinen Vor- und Zunamen nennen solle. Es gebe eine zweite Patientin mit meinem Nachnamen. – Das kann nur meine ehemalige Schwiegermutter sein, denn unser Name ist hier relativ selten. Interessant. Dann malt er mir mit Kugelschreiber ein fettes Kreuz auf das verletzte Bein. Er möchte sicher gehen, dass nichts schief geht.

Ich habe seit dem Frühstück nichts mehr gegessen. Ein Joghurt ist nun mein Abendessen. Mir ist flau im Magen. Im Bett sitzend putze ich über einer Nierenschale aus Pappe meine Zähne. Abschminken fällt aus. Ich gebe die Nachtcreme über das Make-up. Besser als nichts. Mir wird ein Zugang im Arm gelegt. Ich hasse Spritzen! Dann erhalte ich über Infusion ein Schmerzmittel und entschlummere noch in meinen Kleidern. Es wird eine sehr warme Nacht.

Am nächsten Morgen um sieben geht der Betrieb mit Fieber- und Blutdruckmessen los. Meine Bettnachbarin bekommt erst Visite und dann Frühstück. Ich gehe leer aus. Ich darf auch nichts trinken, denn ich werde ja irgendwann operiert. Inzwischen klebt mir die Zunge am Gaumen!

Dafür bekomme ich nun ein schickes Nachthemd der Marke „hinten offen". „Was, Sie haben im Pullover geschlafen?" Die Schwester ist entsetzt.

Gegen Elf kommt eine Oberschwester, die mich kennen lernen möchte, weil nun im 8. Stock auf ihrer Privatstation ein Bett für mich frei wird. Ich freue mich. Meine Bettnachbarin wird in ein anderes Zimmer verlegt und an ihre Stelle zieht umgehend eine ca. 95 jährige Oma im Rollstuhl. Sie ist hyperaktiv! Fährt mit schlurfenden Füßen kreuz und quer durch das Zimmer. Schrank auf, Schrank zu. Raus auf den Gang. Tür auf, Tür zu. Ich versuche, zu entspannen und warte. Es geht mir nicht so richtig gut, denn das flaue Gefühl in meinem Magen wird stündlich größer. „Was möchten Sie essen, Frau Kaiser?" Sie nimmt das Cordon Bleu. Und dann sitzt sie da und mümmelt ihr Mahl. Der Duft macht mich verrückt. „Tja, da müssen Sie durch," zickt sie und schabt auf ihrem Teller. Ich hasse sie!

Um 13:00 Uhr teilt mir die Krankenschwester mit: „Die Schminke muss runter!" Ich bin genervt. „Wie soll ich das denn jetzt machen?" „Das wird schon gehen. Alles muss runter. Sie kommen mit Make-up nicht in den OP." Ich mache mich daran, die künstlichen Wimpern, die seit vierzig Jahren meine Augen verschönern, abzulösen und in ein gefaltetes Taschentuch zu bergen. Dabei rupfe ich mir reichlich eigene Wimpern aus. So ein Mist! Die Tusche kratze ich mit den Fingernägeln ab. Dann tauche ich einen Schwamm in meine Nierenschale und „wasche" das Make-up herunter. Ich brauche keinen Spiegel, um zu wissen, dass mich so niemand mehr erkennt. Gesichtsverlust, sozusagen. Zum Glück habe ich ein Plastikarmband mit meinem Namen drauf am Handgelenk.

Gegen 14:00 Uhr will eine Schwester mit mir in den 8. Stock umziehen. Sie packt alle meine Sachen auf mein Bett: Wintermantel, Moonboots und Taschen. Ich kann kaum noch darüber sehen. Es ist sehr warm unter all dem Gepäck. Eine knappe halbe Stunde warte ich. Dann fliegt die Tür auf. „Sie werden jetzt operiert! Ich bringe Ihre Sachen später hinauf." Eilig räumt sie alles wieder vom Bett herunter. Dann gibt sie mir eine Tablette, die ich mit dem Tropfen Wasser, den sie mir gönnt, grad bis zu den Mandeln gespült kriege. Da klebt sie fest. Was ist mit Narkose im Bett und nichts mitkriegen? Die Tablette nervt und wirkt natürlich nicht. Ich werde in den Keller gefahren. In dem kleinen OP Vorbereitungsraum geben sich grüne Männchen und Frauchen die Klinke in die Hand. „Ich werde Sie operieren. Die OP wird wahrscheinlich ein und eine halbe Stunde dauern. Haben Sie eine Markierung? Ah, ja. Ein Kreuz. Wie heißen Sie?" Ich sage brav meinen vollen Namen. „Wir haben nämlich noch eine Patientin mit diesem Namen. Komisches Ding. Machen Sie sich keine Sorgen. Alles wird gut verlaufen." Das ist nicht der Professor. Na ja, wer in den OP Plan hinein geschoben wird, muss sich nicht wundern. Egal. Mit dem Rücken an der Wand. „So, nun wollen wir mal. Diese Maske halten Sie sich schön auf die Nase." Ich kriege Panik. Ich leide an höllischer Platzangst. „Das kann ich nicht! Man hat mir ein Sedativum versprochen!" „Sie können die Maske hinhalten, wo sie wollen. Die muss nicht genau auf die Nase. Sie schaffen das." Und ich halte das Ding in zehn Zentimeter Abstand und atme brav ein. Die Schwester spritzt mir etwas. – Huiiii! Ich fliege!!!

Geräusche. Grüne Männchen laufen umher. Aus dem Augenwinkel sehe ich Betten, wie meines. „Geht es Ihnen gut?" „Alles OK." Stille. Keine Ahnung, wie lange ich hier schon liege. „Ich bringe sie rauf in Ihr Zimmer." Davon kriege ich wenig mit. Ich wache auf. Schau mich um. Ich bin nicht allein. Eine ältere Frau liegt im Nachbarbett. Wir machen uns bekannt. Später darf ich trinken und sogar eine Kleinigkeit essen. Mein Bein spüre ich nicht. Es liegt fest verpackt in einer Schaumstoffschiene. Ich habe keine Schmerzen. Das dürfte an dem Tropf liegen, der über mir schwebt. Dann muss ich dringend pinkeln. Ich klingle. „Ich müsste bitte mal auf den Topf." „Natürlich, Moment bitte." Die Schwester holt die Bettpfanne. Ich wuchte mich unbeholfen an dem Haltegriff über mir hoch. Sie schiebt den Topf unter meinen Po, deckt mich zu und entschwindet mit den Worten „Sie klingeln, wenn Sie fertig sind." – Ich fühle mich schrecklich hilflos. Dann konzentriere ich mich darauf, mein Wasser zum Ausgang zu bringen. Endlich! Es läuft

mir warm den Po entlang. Ich klingle. Nach fünf Minuten kommt die Schwester. Sie zieht Gummihandschuhe an und macht sich daran, den Topf zu entfernen. Dann trocknet sie mich ab. – Oh, mein Gott! – Aber ich könnte das gar nicht allein, denn ich brauche beide Hände zum Hochziehen.
Nachdem ich leicht erbrochen habe – die Narkose? – schlafe ich diese Nacht ganz gut. Allerdings muss ich noch zweimal auf den Topf.

Plötzlich geht die grelle Deckenbeleuchtung an. „Guten Morgen, die Damen!" Es ist sieben Uhr früh und Visite. Ich reiße mir die Bettdecke über den Kopf und gewöhne mich nur langsam an die Helligkeit. So lerne ich den Professor kennen, der von nun an jeden Morgen dieses Ritual aufführt. – Interessanter Mann. Schade, dass ich grad so gar nicht gut aussehe. – Er erläutert, dass die OP gut verlaufen sei und wie es weiter geht. Die kommenden Wochen muss ich auf dem Rücken liegen. Das operierte Bein bleibt in der

Schaumstoffschiene fixiert, damit ich es nicht seitwärts bewege. Ob ich in eine Anschluss-Reha gehen möchte, kann ich später entscheiden. Ab dem nächsten Tag soll die Physiotherapie beginnen. Und schon ist das Visitengeschwader wieder weg. – Mir sind all diese Infos um diese frühe Stunde zuviel.

Ich versuche, im Bett hängend, irgendwie zu frühstücken. Der Magen ist gequetscht, aber es geht. Dann Zähneputzen. Die Nummer mit der Nierenschale beherrsche ich ja schon. Das Gesicht eincremen. Fertig.
Wir unterhalten uns. Meine Bettnachbarin hatte Krebs. Man hat ihr eine Niere entfernt. Wir stellen fest, dass wir gemeinsame Bekannte haben. Eine sehr freundliche Person. Das Zimmer teilen wir drei Tage lang. Dann wird sie entlassen. Ich lasse nun mein Bett ans Fenster schieben. Was für eine grandiose Aussicht über die Dächer der Stadt!
Heute tusche ich mir die restlichen noch verbliebenen sieben Wimpern. Es wird Wochen

dauern, bis sie nachgewachsen sind. Aber ich will mich wohl fühlen! Jede Illusion ist mir recht.

Am nächsten Tag bekomme ich eine neue Zimmergenossin. Sie ist aus Bremen und muss einen speziellen Eingriff machen lassen. Offenbar hatte sie schon einige andere gravierende Krankheiten. Mit Klinikaufenthalten ist sie jedenfalls vertraut. Ein sehr fröhlicher Mensch und angenehm im Umgang. Dass man im Zweibettzimmer jede Intimität und jedes Telefongespräch des anderen mitbekommt, ist trotzdem anstrengend. Am dritten Morgen verspüre ich endlich Druck im Darm. „Bringen Sie mir bitte den Topf." Die Schwester stellt mir das Rückenteil des Bettes hoch, so dass ich fast sitzen kann. Mir bricht der Schweiß aus. Meine arme Zimmernachbarin. Ich werde los, was sich seit Tagen aufgestaut hat. Es ist so viel, dass ich mit dem Po darin sitze. Ich klingle. Die Aufgabe, mich zu säubern, fällt der Schwesternschülerin zu. Sie macht das prima und gibt mir das Gefühl, dass es ihr nichts ausmacht. Mir ist es trotzdem peinlich. Ich bin es nicht gewohnt, von anderen abhängig zu sein. Dass ich jetzt nichts ohne fremde Hilfe kann, deprimiert mich sehr. Wie lange wird das alles dauern? Auf diese Frage kann mir niemand antworten. Heilprozesse sind eben ganz individuell.

Ich lerne den Physiotherapeuten kennen. Er ist Mitte zwanzig und rigoros. Aber er scheint sein Fach zu verstehen. Mike „bewegt" mein Bein. Die Oberschenkelmuskeln wehren sich. Seit ich hier bin, habe ich das erste Mal Schmerzen. „Das ist normal," sagt Mike. Am vierten Tag nach der OP bringt er mir einen hohen Gehwagen. Ich darf das operierte Bein nun mit 10 Kg belasten. Damit ich ein Gespür dafür bekomme, wie sich das anfühlt, stellt er meinen Fuß auf eine Waage. Ich drücke leicht dagegen und schon sind 10 Kg erreicht. Gerade einmal Bodenkontakt! Mit aufgestützten Armen klammere ich mich an die beiden Haltegriffe. Nun kann ich allein zum Klo! Auf der

Toilettenschüssel wurde für mich eine erhöhte Sitzvorrichtung angebracht. So haben es meine malträtierten Oberschenkelmuskeln leichter. Ich gewinne ein winziges Stück Selbstständigkeit zurück. Von nun an „schwebe" ich täglich mehrmals den langen Flur auf und ab und übe „gehen".

Heute klebe ich die künstlichen Wimpern wieder an. Mein Bild von mir selbst kehrt zurück. Ich nutze meine neue Bewegungsfreiheit und rolle zu meiner Ex-Schwiegermutter auf der anderen Seite des Flurs. Unser Kontakt war vor zehn Jahren ohne besonderen Grund abgebrochen. Nun liegt sie hier. Sie erzählt mir Einzelheiten. Die Endlichkeit in ihren Worten beeindruckt mich. Den Tag zuvor hatte sie geglaubt zu sterben. Alles war ganz still gewesen. Arme und Beine waren ihr eingeschlafen und sie dachte „nun ist es also soweit – gut". Dann hatte eine Schwester sie zurückgerufen "Blutdruckmessen!" Und sie hatte gedacht „Ach, lass mich doch in Ruhe! Es ist genug jetzt. Ich gehe." Aber es war wohl doch noch nicht soweit und sie vertraut mir an, dass sie ja eigentlich auch gern noch ein wenig mitspielen wolle.

Die Tür geht auf und ihr neuer Schwiegersohn kommt zu Besuch. Meine Schwägerin hat zum dritten Mal geheiratet. Er bringt noch einen Mann mit, den ich nicht kenne. Ich fühle mich ziemlich bescheiden in meinem Nachthemd mit dem gewickelten Bein. Meine Eitelkeit ist wieder erwacht. An den Gehwagen geklammert verabschiede ich mich „ich komme später wieder" und rolle zur Tür. Der andere Mann hält sie mir auf und sagt „Na, hast du dich auf die Schnauze gepackt?"

Wie ist der denn drauf? Ich starre ihn erschrocken und ungläubig an. Die Stimme kenne ich. Während ich antworte „Nein, auf den Oberschenkel", erkenne ich um seine Augen herum einen bekannten Zug. Er ist Johannes, mein Abgetrauter! Wir haben 18 Jahre unseres Lebens miteinander verbracht. Warum erkenne

ich den Vater meines Sohnes nicht? Ich habe eine Gänsehaut. „Gute Besserung" sagt er noch. So rasch es geht rolle ich davon. Normalerweise hätte ich diese Gelegenheit ergriffen und eine passende Reaktion parat gehabt, aber mein Selbstbewusstsein hat offenbar bei dem Sturz auch was abgekriegt.
Anton kennt die Lösung. Von seiner Halbschwester weiß er, dass sein Vater vor einem Jahr einen schweren Autounfall hatte. Das erklärt, warum ich weder die früher so prägnante Nase, noch die bekannten Augen sehen konnte. Offenbar haben sie ihm das Gesicht operiert. Er sieht gut aus, nur eben nicht mehr wie Johannes....

Wir hatten uns damals auf einer Schulparty kennen gelernt. Es war üblich, dass das Gymnasium für Mädchen zu Feierlichkeiten entweder Schüler des Jungengymnasiums oder für ältere Jahrgänge Offiziere der Bundeswehr zu Tanzveranstaltungen einlud. Johannes war damals 17, ich ein Jahr jünger. Als Klassensprecherin war ich bemüht gewesen, unsere Feier in Schwung zu bekommen und die tanzfaulen Burschen dazu. Die saßen gemütlich beim Bier und bauten Pyramiden aus Bierdeckeln. In Richtung Tanzfläche verschlug es sie nicht. Ich war sauer und griff mir das Mikrofon. „Ich habe euch eingeladen, damit wir gemeinsam feiern können. Wenn ihr dazu keine Lust habt, Jungs, dann könnt ihr auch gehen." Meine freche Art imponierte Johannes. Wir tanzten zusammen. Er galt als Schwarm aller Mädchen und zugegeben, er sah wirklich toll aus mit seinem schwarzen Haar und den grünen Augen, 190 m groß, schlank und sportlich. Die Party ging dann jedoch ohne irgendwelche Verabredungen zu Ende.

Die Woche darauf fragte mich eine Klassenkameradin nach meiner Telefonnummer. „Wir haben noch kein Telefon – heute undenkbar, 1966 nicht ungewöhnlich – wer will das wissen?" „Johannes". – Ah, ja.

Zu der Zeit tanzte ich Standard-Turnier. Gerade hatte ich 24 Lockenwickler in mein Haar gedreht, weil ich zum Training verabredet war, als es an der Tür klingelte. Mein Vater öffnete. „Kommst du bitte mal, hier ist Besuch für dich, ein junger Mann mit sehr schmutzigen Füßen." Mein Vater konnte sehr direkt sein! Mit meiner Krone aus Lockenwicklern – eine Karikatur – ging ich neugierig zur Tür. Da stand er, der schöne Johannes. Er errötete vor Aufregung und – er war tatsächlich barfuß. „Ich möchte dich ins Kino einladen", sagte er, „Samstag um 16 Uhr. Kommst du mit?" Ich fühlte mich geschmeichelt und sagte zu, konnte aber nicht umhin zu fragen, warum er keine Schuhe trug. „Ich gehe gern barfuß." – OK. -?-

Am Samstag erfuhr ich dann, dass Johannes mich gesucht hatte. An einigen Türen hatte er geklopft um nach mir zu fragen. Ohne Telefonanschluss war ich schlecht zu finden gewesen. Sogar in der Laubenkolonie hatte er gesucht, weil ihm jemand

erzählt hatte, dort gäbe es eine Familie meines Namens. Seine Beharrlichkeit schmeichelte mir!
Wir wurden ein Paar, genauer gesagt, das Traumpaar des Jahrganges. Ich erfuhr bald, dass Johannes das Ziel der Begierde zahlreicher Mitschülerinnen war. Ich hatte ihn! Besitzerstolz? Liebe? Heute kann ich das nicht mehr mit Bestimmtheit sagen. Es folgten glückliche, aber auch schwierige Jahre. Die Zeit bis zu Johannes' Abitur war recht entspannt. Drei Jahre lang kreuzten sich täglich unsere Heimwege von der Schule. Mehrfach die Woche verabredeten wir uns. Die Treffen wurden einfacher, als Johannes den Führerschien hatte und den VW Käfer seiner Mutter fahren durfte. Unsere Sexualität lebten wir im Auto, denn zu Hause ging es natürlich damals nicht. Erschwerend kam hinzu, dass ich mir vorgenommen hatte, bis zum bestandenen Abitur Jungfrau zu bleiben. Ich war der Ansicht, das sei richtig. Wenn ich heute darüber nachdenke, tut mir Johannes im Nachhinein Leid. Er musste diesbezüglich so manchen Spruch seiner

Mitschüler aushalten, abgesehen davon, dass seine Bedürfnisse durchaus andere waren, als meine. Dann wurde es kompliziert. Johannes ging zum Studium nach Niedersachsen. Ich blieb in Hamburg. Diese Wochenendbeziehung über 200 km kostete Kraft, Nerven und Geld. Trotz diverser Anfechtungen schafften wir es fünf Jahre. Dann hatten wir einen Tiefpunkt erreicht. Ich misstraute Johannes und wandte mich einem Traummann in meinem Kollegium zu. Die Angst, mich zu verlieren, brachte Johannes allerdings in Höchstform. Ich fühlte mich wieder einmal geschmeichelt. Wir verlobten uns nach nun neun Jahren im Skiurlaub. Auf der Bettkante sitzend tranken wir Champagner und beschlossen, im folgenden Herbst zu heiraten.

Ich trat meine erste Stelle dort im Süden Niedersachsens an und wir bezogen eine wunderschöne, riesige Altbauwohnung.

Die Jahre fern meiner Heimat, der schönsten Stadt der Welt, waren eine Erfahrung, die mich meinen Wurzeln näher gebracht hat. An das

Leben in der Kleinstadt konnte und wollte ich mich nicht gewöhnen. Jeder kannte jeden, jeder wusste über jeden Bescheid. Ich empfand das als unerträglich eng. An zahlreichen Wochenenden fuhren wir nach Hamburg, um frische Seeluft zu atmen. Obwohl wir viele Freunde hatten und uns durchaus nicht langweilten, sehnte ich mich nach der Möglichkeit zurück in die Heimat zu gehen. So drängte ich Johannes, endlich sein Diplom zu machen, was sich dadurch hinauszögerte, dass er unendliche Stunden in einem Architekturbüro jobbte, statt in die Uni zu gehen.

Fünf Jahre vergingen, bis unser Sohn geboren wurde. Es brach für mich eine schwierige Zeit an. Bei voller Stelle organisierte ich unsere Ehe, betreute am Nachmittag das Kind und kümmerte mich um den Haushalt. Johannes versackte immer häufiger mit Freunden in Kneipen oder feierte Feten am Kiesteich. So manche Nacht war er wenn ich morgens aufstand noch nicht zu Hause. Voller Sorge rief ich die Krankenhäuser oder auch die Polizei an, um nach Unfällen zu fragen. Mir hätte schon damals klar werden müssen, dass Johannes nicht erwachsen werden wollte. Kinder verspielen sich und vergessen die Zeit. Er war ein Kind. Die Saufgelage mit seinen Freunden hielten ihn häufig fern der Heimat.

Obwohl meine Eltern darauf drängten, dass ich mit meinem Sohn nach Hamburg zurückkommen sollte, hielt ich es noch ein weiteres Jahr aus.

Unser Sohn war ein Jahr alt, als wir nach Hamburg zurückgingen. Wieder zu Hause, knüpfte ich an alte Freundschaften an, Johannes lebte, wie er es gewohnt war, sein Leben. Er ging ins Büro, er trieb Sport und er soff mit seiner Herrenrunde. Der Rest hing wie gehabt an mir. Mutter, Ehefrau, Hausfrau und Studienrätin mit voller Stelle. Als ich begann, mich zu wehren, war das der Anfang vom Ende. Meine Erziehung zu Anpassung und Harmonie war erschöpft. Ich, die ich meine Pubertät versäumt hatte, holte diese nun nach. Für andere war ich eine interessante Frau und sie zeigten es mir. Ich genoss, dass man mich wahrnahm. Dabei fiel Johannes hinten runter. Er war mir langweilig. Schön, aber langweilig. Ich hatte das Gefühl, unsere beiden Leben entwickelten sich wie ein Ypsilon. Der gemeinsame Weg spaltete sich in zwei Richtungen auf. Jeder von uns holte sich mit anderen Partnern das, was er zu Hause vermisste. Wir sprachen nicht darüber und versuchten, trotzdem unsere Ehe zu führen. Die Unehrlichkeit kostete uns Kraft und war schlicht unwürdig. Diese zerrissene Beziehung lief noch vier Jahre. Dann trennten wir uns. Anton war zu der Zeit fünf Jahre alt. Für mich änderte sich wenig, war ich doch schon immer für alles zuständig gewesen. Meine Mutter kam ins Haus, um das Kind zu versorgen, wenn ich im Dienst war.

Das Verhältnis zu Johannes beruhigte sich nach anfänglichem Sturm bald und wir hatten wenig Stress. Um unseren Sohn kümmerte er sich allerdings weiterhin kaum. Er wusste ihn bei mir gut behütet und genoss in diesem befreienden Bewusstsein sein Leben. Trotzdem litt er, wie er eines Tages beichtete. Er sagte, ich hätte durch die Trennung sein Leben zerstört, denn ich wäre die einzige Frau die er wirklich gewollt hätte. Tja. Leider hatte er nicht gelernt, dass man sich bemühen muss, wenn man etwas Wichtiges behalten möchte. Er hatte mich zwar 18 Jahre zuvor erobert, dann aber wohl geglaubt, das reiche fürs Leben.

Johannes hat noch zwei Mal geheiratet. Insgesamt ist er heute Vater von fünf Kindern. Er hat seinen Wohnsitz ins Ausland verlegt und den Kontakt zu uns völlig abgebrochen. Die Gründe sind mir nicht bekannt. Anton leidet inzwischen nicht mehr darunter, dass sein Vater sich nicht für ihn interessiert. Optisch ist er ihm sehr ähnlich.
 – Na ja, nun nicht mehr ganz so, wie ich soeben erfahren durfte...

Absturz mit der Klobrille

Zum Wochenende wird meine Bettnachbarin entlassen. Schade. Sofort kündigt man mir eine neue Patientin an.

Das türkische Putzgeschwader fällt ein. Ich frühstücke gerade. „Können Sie bitte später putzen?" „Warum?" „Weil ich beim Frühstück bin." – „?" – Sie verziehen sich für 7 1/2 Minuten. „Haben fertig?" Ich gebe grünes Licht. Umso schneller bin ich sie wieder los. Die Frau wedelt beschwingt mit ihrem Lappen den Staub auf. Offenbar hat sie nur den einen, denn für die Dusche nimmt sie ihn auch. Meine Blase drückt. Der Kaffee will raus. Als sie endlich weg sind, „eile" ich ins Bad. Ich bringe mich mit den Stützen, die nun den Gehwagen ersetzen, in eine schüsselnahe Position und setze mich vorsichtig runter. Neiiiin! – Die Sitzerhöhung gleitet nach rechts weg und ich kann mich gerade noch an der Heizung festklammern! So ein Mist! Mein Herz rast. Die Wunde schmerzt. Die Putze hat das Ding nach dem Reinigen nicht wieder festgeschraubt. Ich rufe die Schwester, damit sie ihr erklärt, wie wichtig es ist, solche Geräte wieder zu befestigen. Die ist entsetzt und verspricht, sich sofort zu kümmern.

Kaum angekommen, erzählt mir meine neue Bettnachbarin ihr Leid. Es ist jedes Mal wie die Vorstellungsrunde in einem Seminar. „Ich heiße Beate und habe nach der vierten Chemotherapie diffuse und sehr starke Leibschmerzen. Der Brustkrebs ist schon meine dritte Krebserkrankung. Dieses Mal sind mir alle Haare ausgegangen." Sie trägt einen Turban. Wir verstehen uns gut. Ich mache ihr deutlich, dass es für mich selbstverständlich ist, dass sie die unangenehm warme Kopfbedeckung abnimmt. Auch ohne Haare sieht sie toll aus. Aber gerade an den Haaren machen wir Frauen wohl unsere Schönheit fest. Ich kann ihr Zögern gut verstehen.

Sonderbar ist, dass ich, die ich sonst nie ohne Buch sein mag, hier wenig lese. Ich schaue aus dem Fenster in die weiße Winterwelt und sinniere vor mich hin. Immer wieder frage ich mich, was mir dieser Unfall sagen soll. Was wird dieser Beinbruch für mich und meinen Körper bedeuten? Ich bin ein Bewegungsmensch. Seit meinem vierten Lebensjahr, treibe ich täglich Sport. Ich verlasse das Haus nie, ohne morgens meine Übungen gemacht zu haben. Nun bin ich still gelegt. Auch mein Kopf funktioniert nur langsam. Die Schmerzmittel. Der linke Arm und das linke Bein haben viel zu tun, damit ich die nötigen Verrichtungen bewältigen kann. Zuviel.

Meine Zimmernachbarin ist sehr schwach und schläft auch tagsüber viel. Dabei schnarcht sie so laut, dass ich es kaum ertrage. In der Nacht bekomme ich kein Auge zu. Immer, wenn ich gerade einschlafen könnte, schnaubt oder röchelt die arme Frau laut auf. Derartige Geräusche erinnern mich an meinen Ex. Bei ihm hatte ich des Nachts Mordgedanken. Nach der zweiten Nacht bin ich wie gerädert. So werde ich nicht gesund. Ich frage die Oberschwester nach einem Einzelzimmer. Meine Zimmergenossin versteht mich gut. Ich habe Glück und kann sofort umziehen.

Endlich allein

Warum habe ich nicht sofort um ein Einbettzimmer gebeten? Wahrscheinlich, weil mir jede Krankenhaus Erfahrung fehlt. Ich genieße mein eigenes Bad! Niemand macht Geräusche. Ich kann durchatmen. Die Tage vergehen schnell. Man ist trotzdem keine Stunde allein oder ungestört. Wenn nicht der Blutdruck gemessen wird, kommt die Patienten-Bibliothek, die Schwester mit der Heparin-Spritze oder es wird das Menü für den folgenden Tag abgeklärt.

Heute bringen mir zwei meiner Eltervertreterinnen wunderschöne Blumen. Sie sind reizend und teilen mir mit, dass meine Schüler ungeduldig auf mich warten. Ein schönes Gefühl, gemocht zu werden. Natürlich weiß ich, dass sich die Schul-Welt auch eine Weile ohne mich drehen wird. Kinder passen sich schnell an und vergessen.

Ich lerne nun mit zwei Unterarmstützen zu gehen. Wenn ich die Technik genau einhalte und jeden Schritt sauber setze, klappt es ganz gut. Schwierig ist nur die 10 Kg Belastungsgrenze. Immer habe ich Angst, zu stark aufzutreten. In meiner Vorstellung bohrt sich die Dynamische Schraube durch meinen Hüftkopf. Schlimmer ginge es nicht. Ich bin heute sehr weich. Habe das Gefühl, ich schaffe es nicht. Mehrfach saust auf dem Flur ein türkischer Niki Lauda auf seiner Reinigungsmaschine an mir vorbei. Ich wanke, habe Angst auf der feuchten Spur auszurutschen. Er schaut stur geradeaus, einen Arm lässig aufgestützt, den anderen am Lenkrad. Genau so wird er draußen ein Auto steuern, wenn er den Führerschein hat. Seine Botschaft ist klar „ich bin cool". Wie lästig ihm Patienten sind, die auf seiner Rennstrecke Gehen üben, auch. Die nassforsche Art des Therapeuten frustriert mich heute zusätzlich. „So geht doch kein Mensch, Frau Brose. Schauen Sie, das hintere Bein lässt man viel länger stehen." Er geht langsame

Musterschritte. „Glauben Sie, dass Sie mich motivieren, indem Sie mir meine Unzulänglichkeit vorhalten?" frage ich und schon schießen mir die Tränen in die Augen. *Scheiße. Reiß dich zusammen, Frau. Nicht vor dem Jüngling.*
Dienstag soll ich das erste Mal die Treppe versuchen. Das wird eine echte Herausforderung. Da muss ich durch, denn sonst werde ich zu Hause nicht zurechtkommen. Mein Bad und Schlafzimmer sind nämlich im ersten Stock. Nachmittags schleiche ich, auf meine Gehhilfen gestützt, die 100 Meter Krankenhausflur entlang. Ich beiße die Zähne zusammen und versuche musterhafte Schritte, wobei der rechte ja nur Sohlenkontakt haben darf. Drei Mal hin und zurück. Ich nehme mich vor öffnenden Türen in Acht und gehe in der Mitte des Flures. Dann halte ich die Schmerzen in meinen Händen nicht mehr aus und lege mich wieder ins Bett. Auch das Bein braucht Entlastung. Beide Füße und Fußgelenke sind stark geschwollen. Ich lasse mir erklären, dass das besser wird, wenn ich wieder voll

belasten darf. Erst dann werden Muskel- und Venenklappen wieder gut funktionieren und für den Abtransport der gestauten Lymphe sorgen.

Am Nachmittag kommt Perdita. Sie ist Kollegin und meine beste Freundin. Seit 20 Jahren sitzen wir im Lehrerzimmer am selben Tisch. Seit 20 Jahren gehen wir gemeinsam durch Dick und Dünn. Es gibt keine bessere Freundin. Ihre täglichen Besuche werden mir irgendwann fehlen.

Heute erzählt sie von den neuesten Entwicklungen bei der Schulfusion. Der Hamburger Senat gibt sich meiner Meinung nach alle Mühe, den Wettbewerb um das bundesweit schlechteste Schulsystem zu gewinnen. – Mich lässt das sonderbarerweise noch ziemlich kalt.

All das ist so weit weg. Ich kann nicht laufen. Mir wird deutlich, dass sich für mich etwas Grundlegendes verschoben hat.

Seit 36 Jahren habe ich mich als Lehrerin für Chancengerechtigkeit benachteiligter Schüler eingesetzt. Meist war ich in Problemstadtteilen tätig. Lehrerin sein ist meine Berufung. Ich brenne an beiden Enden für meinen Job. Seit vielen Jahren engagiere ich mich in der Hamburger Bildungspolitik. Meine Kolumne in einer großen Tageszeitung kommt bei den Lesern gut an, denn ich nehme kein Blatt vor den Mund. Auch ein verdeckter Maulkorbversuch der Behörde hat daran nichts geändert. Sogar Beamte haben ein Recht auf freie Meinungsäußerung, man soll es nicht glauben. Durch Vorträge, Fernseh- und Rundfunkauftritte, bin ich bekannt, wie ein bunter Hund. Obwohl das dem Ego zu Beginn schmeichelt, erkennt man sehr bald, wie wenig amüsant es ist, eine öffentliche Person zu sein. Meine letzten zehn Jahre bestanden nur aus Arbeit. Unter der Woche gab es kaum freie Abende. Ein Sitzungstermin löste den nächsten ab. An den Wochenenden und in den Schulferien schrieb ich an meinen

Büchern. Mein damaliger Lebenspartner unterstützte mich sehr und förderte mein Engagement. Unser Privatleben blieb dabei weitgehend auf der Strecke. Die Beziehung auch.

Ich schaue aus dem Fenster. Wir haben Mitte Februar und es schneit wieder. Das geht nun seit drei Monaten so. Von hier oben sieht die Stadt wie ein bewegtes Gemälde aus. Die winzigen Autos – Matchbox? – fahren ganz langsam, Menschen sind kaum zu sehen. Dicke Schneeflocken taumeln durch die Luft. Das Zusehen macht mich träge. Langsam kommen Erinnerungen.

Schulreform mit Folgen

Ein Hype brach aus, als wir 2000 als erste staatliche Schule in Deutschland einheitliche Schulkleidung einführten. Dass meine 5b ihre private Kleidung gegen einen grünen Einheitsdress mit Schullogo tauschte, glich einer Revolution. Täglich hatten wir Fernsehteams im Haus. Meine Schüler wurden zu Medienprofis. Sie lernten den Umgang mit zuverlässigen Reportern und anderen. Immer wieder besuchten uns Studenten und Doktoranden, die Arbeiten über uns schreiben wollten.
Wir waren Vorreiter für viele andere Schulen bundesweit. Aus den grünen Einheitssweatshirts entwickelte ich im Laufe der Jahre eine umfassende dunkelblau/weiße Kollektion verschiedener Textilien. Schüler können nun auswählen, was sie tragen wollen. Moderne Kleidung für Jugendliche, einheitlich in der Farbe und mit Schullogo versehen. Seit Jahren sind alle Schüler meiner Schule eingekleidet. Wir haben

viele Anmeldungen von Eltern aus anderen Stadtteilen, die auf unseren pädagogischen Ansatz mit Schulkleidung vertrauen.

Die erzwungene Fusion mit einer drei Kilometer entfernten Schule droht unser Erfolgsrezept jetzt zu beenden. Weder die Lehrkräfte, noch die Schüler dort wollen sich mit Schulkleidung befassen. Verständlich. Perdita berichtet, dass eine grundlegende Entscheidung gefallen ist. Sie bricht in Tränen aus. Was kann so schlimm sein? Es wurde beschlossen, dass die beiden Schulen zukünftig jeweils nur bestimmte Klassenstufen beherbergen sollen. Das bedeutet, dass unsere Schule horizontal ab Klasse 9 geteilt wird. Alle Klassen 9 und 10 werden ab August an die Schule im Hochhausgebiet umziehen. Im Gegenzug kommen alle jüngeren Jahrgänge von dort zu uns. Mir bleibt die Luft weg. Ich halte Perdita im Arm. Wir werden also getrennt. Ich muss zum Ende meiner Dienstzeit umziehen! Das hat weit reichende Folgen. Es bedeutet nicht nur, dass wir uns nicht mehr täglich in den Pausen austauschen können. Ich werde mit Kollegen arbeiten müssen, mit denen mich bisher wenig verbindet. Perdita bleibt zurück. So ein Wahnsinn!

Zum anderen ist damit die Ära der Schulkleidung erst einmal zu Ende. Die Schüler der anderen Schule werden unsere schöne, ruhige blau-weiße Atmosphäre durchmischen. Der Mannschaftsgedanke ist in Gefahr und damit alles, wofür ich die letzten zehn Jahre gearbeitet habe. Wir haben es geschafft, weder Gewalt noch Drogen im Haus zu haben. Bei uns herrscht ein freundliches und höfliches Miteinander. – Ich bin wie betäubt. Irgendwo fällt bei mir gerade eine Klappe. Schluss! Das alles erreicht mich nicht mehr. Ich bin unverwundbar. Offenbar schützt mich mein Körper. Momentan ertrage ich schon genug. Mehr geht nicht.

Eine Schwesternhelferin bietet mir an, mein Haar zu waschen. Das ist inzwischen bitter nötig und ich bin dankbar. Auf einem Bein balancierend über das Waschbecken gebeugt, lasse ich die Prozedur über mich ergehen. Beata schäumt das Haar nur einmal ein. Dann kippt sie mir drei Zahnputzbecher Wasser zum Ausspülen drüber. Fertig. – Das Ergebnis ist dementsprechend. Ich bedanke mich trotzdem artig und gebe ihr ein Trinkgeld. Das scheint hier üblich zu sein, denn der Schein verschwindet mit einer routinierten Bewegung in ihrem BH. Am nächsten Morgen stelle ich mich über die Ecke der Duschwanne und wasche mein Haar noch einmal. Was für ein angenehmes Gefühl. Danach habe ich Schmerzen im gesunden Bein, weil die verkrampfte, einbeinig gebückte Haltung wohl doch etwas zu lange gedauert hat.

Das Treppensteigen mit Krücken klappt gut. Ich finde mich total mutig. Nur die Angst, dass ich zu stark belasten könnte, bremst noch immer. Ich plane, wie ich nach der Entlassung mein Leben zu Hause regeln kann. Wann wird das sein? Der Professor ist der Meinung, ich könne ohne Fremdversorgung auskommen. Eine REHA mache erst Sinn, wenn ich voll belasten könne. Er glaubt, dass ich nach 12 – 15 Tagen entlassen werden kann, wenn weiter alles gut läuft. Ich setze durch, dass es zum Samstag (12 Tage) soweit ist. Werde ich ohne Toilettensitzerhöhung auskommen? Was ist, wenn ich nicht aus meinem niedrigen Bett aussteigen kann? Panik.

Heute Morgen bin ich zum zweiten Mal mit dem Toilettensitz abgerutscht! Wie kann es angehen, dass Menschen in einer Klinik so blöd sind?! Die Schwester kündigt an, dass ich Freitag lernen werde, wie ich mir die Heparin-Spritzen selbst setze. Sie bringt mir eine schriftliche Anleitung mit. Spritzen vermeide ich in meinem Leben, wo es geht. Nun soll ich selbst? Auf gar keinen Fall! – Aber wer soll es sonst machen? Leider hat sie bis Freitag keine kurze Fertigspritze bekommen, so dass ich mich weigern kann, selbst die lange Nadel in meinen Bauch zu stechen. Es wird zu Hause schon gehen...

Meine Mutter belastet mich mit ihren Ängsten. Obwohl ich das von klein auf kenne, ist es nie weniger bedrückend geworden. Immer befürchtet sie das Schlimmste. Immer möchte sie potentiellen Gefahren der Zukunft vorbeugen. „Du solltest in eine stationäre REHA gehen. Da würdest du versorgt und müsstest dich um nichts kümmern. Wie willst du das zu Hause allein schaffen?" Sie weint. „Ich kann doch nicht jeden Tag zu dir kommen." Mutter ist 81 und äußerst fit. Sie kokettiert ständig mit ihrem Alter, weil sie gern auf 70 geschätzt wird. Ich erwarte trotzdem nichts von ihr und beruhige sie. Freundinnen haben mir ihre Hilfe zugesichert. Meine Entscheidung, nicht in eine Anschlussreha zu gehen, wo ich ohne das Bein belasten zu können nur herumsitzen würde, steht. Ich glaube, dass ich zu Hause schneller gesund werde. Wenn ich mich selbst versorgen muss, bleibe ich beweglich. Jeder Weg, jede Aktion regeneriert die Muskulatur. – Dass es nicht leicht werden wird, ist mir klar.

Ich bin eine Heldin

Schnell stelle ich fest, was man mit zwei Krücken alles nicht kann. Der Alltag war im Krankenhaus einfacher, als ich noch bedient wurde. Aber dafür habe ich nun meine beiden Katzen um mich. Die sind glücklich, dass da wieder wer ist, der ihre Wünsche erfüllt. Wann immer sie mich irgendwo sitzen sieht, springt Gwendolynn auf meinen Schoß. Sie rollt sich sofort zusammen und schnurrt wie ein Samowar. Forscher haben herausgefunden, dass das Schnurren der Katzen die Heilung ihrer Knochenbrüche beschleunigt. Ob das auch funktioniert, wenn externes Schnurren als Schwingung an mein Bein dringt?

Gegen 16 Uhr ist die Spritze fällig. Ich bekomme feuchte Hände, denn meine Angst vor Spritzen ist phobisch. Ich befolge die Anleitung deshalb genau und bin wild entschlossen, es zu schaffen. Zuerst suche ich nach ein wenig Bauchspeck, was bei 50 Kg auf 170 cm verteilt nicht ganz leicht ist. Dann desinfiziere ich die Haut. Während der 30 Sekunden Einwirkzeit packe ich die Spritze aus. Ich drücke vorsichtig die Luft heraus, bis Tröpfchen an der Nadelspitze entstehen. Dann kneife ich eine dicke Hautfalte zusammen und – bloß nicht denken – steche die Spritze ohne zu zögern senkrecht hinein. Langsam presse ich den Kolben herunter, bis der Inhalt in meinem Bauch verschwunden ist. Ich ziehe die Nadel heraus und lasse mein Bauchfleisch los. – Geschafft! Ich bin eine Heldin! Das war weniger unangenehm als im Krankenhaus.

Mein erster Tag zu Hause. Es müssen einige unfallträchtige Hindernisse aus dem Weg geräumt werden. Mein Sohn stellt mir alles griffbereit hin, so dass ich mich selbst bedienen kann. Das Erdgeschoss sieht ein bisschen aus, wie ein Warenlager. Die Wasserkiste in der Diele, das Katzenfutter auf dem Küchentisch. Die Tage vergehen schnell. Gegen sieben Uhr drängen mich die Rückenschmerzen oder mein hungriger Kater zum Aufstehen. Obwohl ich mir eine dicke Auflage ins Bett gelegt habe, bohren meine Knochen – ich habe inzwischen vier Kilo abgenommen – in die Matratze. Ich darf auch die nächsten Wochen ausschließlich mit ausgestrecktem Bein auf dem Rücken schlafen. Auf dem Po rutsche ich mit Hilfe des linken Beines ans Bettende. Dort steht ein Stuhl, an dem ich mich auf diesem Bein stehend hochziehen kann. Anders käme ich nicht aus meinem niedrigen Bett.

Ich humple ins Bad. Zum ersten Mal bin ich froh, dass es winzig ist. So habe ich alles griffbereit für meine morgendliche Waschaktion. Da ich mein Bein noch nicht heben oder belasten darf, käme ich nur mit fremder Hilfe in die Badewanne. Das bedeutet, ich kann baden, wenn jemand Zeit für mich hat. Bis dahin wasche ich mich, wie in meiner Kindheit, als unsere Wohnung noch kein Bad hatte. Ich kleide mich an. Mein Hüftbeuger zwickt derartig, dass ich das kranke Bein noch nicht richtig anziehen kann. Also werfe ich die Beinöffnung meiner Jogginghose wie ein Lasso um den Fuß und ziehe die Hose dann hoch. Auf Strümpfe verzichte ich, denn bis zu den Füßen komme ich noch nicht. Zum Schluss ziehe ich eine Fleecejacke über. Die ist zwar hässlich, aber warm. Außerdem hat sie zwei Taschen für Handy und Telefon. Beides trage ich aus Sicherheitsgründen ständig mit mir herum. Sollte ich stürzen, kann ich mich melden. Außerdem würde ich es nie rechtzeitig zum Telefon schaffen, wenn es klingelt. – Dann mache ich mir ein Gesicht, Make-up, Wimperntusche. Als ich mir gefalle, bewege ich mich ins Erdgeschoss. Alles funktioniert hier jetzt auf Armlänge. Zum Kühlschrank. Krücken sicher abstellen. Milch herausholen. Umdrehen. Packung auf den Tisch stellen. Krücken aufnehmen, einen Meter weiter wieder abstellen, die Milchpackung nachholen, möglichst weit auf den Tresen stellen. Krücken aufnehmen, einen Meter weiter wieder abstellen, Milchpackung zum Herd rücken. Krücken aufnehmen, zum Topfschrank gehen, Krücken abstellen, Milchtopf herausholen und auf die Ablage stellen. Krücken aufnehmen, einen Meter weiter gehen, Krücken abstellen, Milchtopf zum Herd weiter schieben. Milch eingießen, Herd anstellen. Krücken aufnehmen, ... Mein Sohn hat auch „praktisches Essen" eingekauft. Tiefkühlgemüse, das ich nur in den Topf zu werfen brauche, Dosensuppen, die mit Ring schnell zu öffnen sind, verschiedene Sorten Quark und Mozzarella.

Alles, was ich möchte, dauert lange, aber ich schaffe, was ich will. Damit ich die Treppe nicht so oft gehen muss, habe ich mir eine Zahnbürste an die Küchenspüle gestellt.

Gleich am Montag nach meiner Entlassung stelle ich mich dem Unfallchirurgen vor. Die Helferinnen begrüßen mich freundlich. „Heute sehen Sie ja viel besser aus!" Beinbrüche haben sie dort wahrscheinlich eher selten. Die Fäden müssen gezogen werden. Es ziept ein wenig, tut aber nicht weh. Ich bekomme ein neues Rezept für Heparin-Spritzen. Schmerzmittel brauche ich nicht, denn zum Glück habe ich überhaupt keine Schmerzen.

Drei Mal in der Woche habe ich mit Maria Physiotherapie. Sie bringt meine Muskeln und Sehnen in Bewegung und macht Lymphdrainage wegen der dicken Füße. Die Muskelklappen sind noch zu träge. Ein fieser Schmerz in der Leistenbeuge stoppt das Anwinkeln meines Beines. Der Hüftbeuger streikt noch. Dennoch erinnert sich mein Körper, dass er drei Wochen zuvor gut funktioniert hatte. Er fühlt sich von Tag zu Tag besser an. Die Oberschenkelmuskeln rutschen langsam zurück an ihren gewohnten Platz und dehnen sich.

Über Langeweile kann ich nicht klagen. Ich habe täglich Besuch und Hilfe. Freundinnen und Familie wechseln sich ab. Sie bringen mir regelmäßig frische Tulpen. So spüre ich den

Frühling hier drinnen, denn draußen ist es noch immer unwirtlich. Hella hat mir eine Schale mit Narzissen bepflanzt. Sie steht auf der Terrasse, sodass ich sie gut sehen kann. Es ist eine sehr warme und schöne Erfahrung für mich, dass so viele liebe Menschen Zeit für mich haben.

Meine Schwester, die ich sonst nur alle paar Monate sehe, kommt jeden Donnerstag. Sie macht die anfallenden Hausarbeiten. Heute bitte ich sie, mir beim Baden zu helfen. Außerdem – wie eklig – müssen meine Fußnägel gekürzt und der Nagellack runter genommen werden. An den linken Fuß komme ich inzwischen wieder selbst, der rechte ist außer Reichweite. Wenn ich mir vorstelle, ich sollte fremde Füße pflegen, wird es mir ganz anders! Die mobile Fußpflegerin liegt aber selbst mit gebrochenem Haxen zu Hause. Also...

Ich setze mich auf den Wannenrand. Wir nehmen den Nagellack ab. Iris hält mein kaputtes Bein, während ich mich, auf den Rand gestützt, in die

Wanne hinunter lasse. Dann senkt sie das Bein langsam ab. Wasser marsch! Wie ich das duftende Bad genieße! Herrlich! Mein Letztes ist drei Wochen her. Nun, wo die Narbe geschlossen ist, darf ich endlich. Iris schrubbt mir den Rücken. Später geht das Ganze rückwärts. Damit ich nicht rutsche, lassen wir zuerst das Wasser ab. Dann trockne ich mich so weit es geht ab und stemme mich hoch. Ich setze mich auf den Rand. Iris hebt das rechte Bein vorsichtig auf die Badematte. Den Rest schaffe ich allein. Nun suchen wir eine Position, in der wir in meinem winzigen Bad die Nagelschneideaktion bewältigen können. Es ist grottenkomisch. Wir kichern wie zwei Teenager. Geschafft! Fußnägel ohne Lack finde ich blöd. Die nächsten Wochen muss ich das jedoch ertragen. Mein Ziel ist, selbst den rechten Fuß zu erreichen. Erst dann gibt es zur Belohnung frischen Lack.

Am Freitag fährt Ebba mich zum Friseur. Herr B. hatte mir schon im Krankenhaus telefonisch versprochen, dass er durch eine neue Frisur und frische Farbe zu meiner Genesung beitragen wollte. Ebba lässt mich auf dem Gehweg direkt vor dem Eingang aus dem Auto. Sie will in der Zwischenzeit eine Freundin besuchen. Mit dem Fahrstuhl komme ich in den 3. Stock. Helena öffnet die Tür und hilft mir in den Umhang. Die Begrüßung ist ausgesprochen herzlich. Herr B. schlägt einen neuen Schnitt vor, Strähnchen und Farbe. Ich komme nicht zum Lesen der aktuellen Klatschpresse. Herr B. hat Zeit und wir unterhalten uns angeregt über Reiseziele. Meinen Gran Canaria Urlaub hätte ich Anfang März angetreten, wenn ich nicht gestürzt wäre. Zum Glück gleicht die Reiserücktrittsversicherung alles aus. Die Frisur wird richtig toll. Herr B. ist nicht nur der beste Colorateur, den ich kenne. Er ist auch äußerst gebildet. Der Besuch bei ihm ist jedes Mal sehr anregend. Wie immer tauschen wir unsere Make-up Erfahrungen aus. Herr B. benutzt die gleiche unsinnig teure, aber konkurrenzlos gute Grundierung wie ich. „Wenn es sein müsste, würde ich dafür hungern," vertraut er mir an. Ich rufe Ebba an und sage ihr, dass sie mich abholen kann. Mein wieder gepflegtes Aussehen macht mich richtig glücklich.

Alle Tage ähneln sich. Feste Abläufe geben mir Halt. Nach dem Frühstück lese ich die Zeitung. Dann mache ich mich für ein paar Stunden ans Schreiben. Seit ich meine Gedanken zu dem Unfall sammle, geht meine Stimmung bergauf. Ich spüre, dass sich etwas verändert. Es fühlt sich an wie ein Aufbruch. Vielleicht interessieren sich andere für meine Erfahrung? Ein neues Buch? In jedem Fall eine gute Therapie.

Die Röntgenkontrolle steht an. Es sind Schulferien. Viele sind verreist. Susanne ist eingeladen, Ebba seit langem verabredet. Also wage ich es allein. Da ich für eine Handtasche keine Hand frei habe, packe ich das Nötigste in eine Bauchtasche. Ich lasse mich von einem Taxi abholen. Der Fahrer ist sehr geduldig und hilfsbereit. Die Leute machen umsichtig einen

Bogen um mich. Es findet sich jemand, der mir den Fahrstuhl holt, ein anderer öffnet die Tür. So ist das also, wenn man behindert ist. Ich fühle mich gut. Die Aufnahme zeigt, dass der Bruch prima verheilt ist. Auch der Hüftkopf ist schön glatt und gut durchblutet, so dass man annehmen kann, dass keine Gefäße verletzt wurden und eine Nekrose ausgeschlossen ist. Den großen Umschlag mit dem Röntgenbild, den ich mitbekomme, halte ich zwischen den Zähnen. Ein Rucksack wäre jetzt toll.
Ich rufe mir ein Taxi und bin nach einer Stunde wieder zu Hause. – Und ich bin stolz, dass ich ein weiteres Stück Unabhängigkeit erreicht habe, trotz Krücken.

Der Frühling bricht aus! Die Sonne scheint und erste wilde Krokusse haben sich aus dem Boden geschummelt. Was für ein Gefühl! Jedes Jahr wieder wie Aufbruch, wenn die Natur unter Druck gerät, Knospen nicht schnell genug aufplatzen wollen. – *Geduld, meine Liebe. Soweit ist es ja noch nicht.* Und doch fühlt es sich so an!

Ich schlafe nun seit sechs Wochen auf dem Rücken mit ausgestreckten Beinen! Tägliche Übungen sollen mich wieder beweglich machen und den Rücken stärken. Ich nutze jede Gelegenheit. Heute ist Sonntag. Die Sonne scheint und lockt mich auf die Terrasse. Ich wandere an meinen Stützen zehn Meter hin, zehn Meter zurück. Wie oft? Ist das toll! Ich genieße die frische Luft in vollen Zügen und spüre neue Kraft. Um an den rechten Fuß heranzureichen muss ich mich noch verrenken, aber es klappt! Heute kann ich mir die Fußnägel lackieren.

Adler mit gebrochenem Flügel

Seit dem Unfall hat sich etwas Entscheidendes verändert. In den ersten Wochen habe ich mich fremd bestimmt gefühlt. Ich war voll ausgebremst und kam mir vor, wie ein Adler mit gebrochenem Flügel. Immer wieder kam die unsinnige Frage „Warum ich?". Dieses ungute Gefühl ist heute einer tiefen Ruhe gewichen. Ich kann dasitzen, ohne Tatendrang zu verspüren. Ich muss nichts müssen, kann aber alles wollen. Das erste Mal seit langem habe ich wieder das Gefühl, ganz bei mir zu sein. – Ist das Zufriedenheit?
Um elf hatte ich den ersten Nachsorgetermin beim Chefarzt. Der Einsatz des Herrn Professor hatte sich ja bisher auf Visiten am Krankenbett beschränkt, da die OP vom Oberarzt durchgeführt worden war. „Wie ist es Ihnen ergangen, Frau Brose?" „Sehr gut, danke." Er schaut erstaunt von seiner Akte auf „Wirklich?" „Ja. Ich habe täglich Physiotherapie und mache Gymnastik. Ich

habe keine Schmerzen. Es geht mir gut." Das nimmt er kommentarlos hin. Dann schaut er sich sehr ernst die aktuelle Röntgenaufnahme an. „Es sieht alles gut aus." Er ändert seinen ernsten Ton nicht. „Die Schraube ist ein Versuch, das muss ich Ihnen sagen. Eigentlich hätte man eine neue Hüfte gemacht."

Wie bitte? Ein Versuch? Ich bin sprachlos und kann nicht einmal nachhaken. Er führt mich zur Liege am Ende des Zimmers. Ich gehe ohne Stützen. Das habe ich geübt. Er hebt mein Bein hoch, winkelt es an, wirft einen Blick auf die Narbe. – Zwei Minuten maximal.

„Das war es auch schon. Sie können sich wieder anziehen. Nun dürfen Sie jede Woche 10 Kg mehr belasten. In 6 Wochen sehen wir uns. Bis dahin gehen Sie bitte weiterhin an Stützen."

„Wann kann ich die Spritzen absetzen?" „Erst, wenn Sie voll belasten."

„Darf ich jetzt auf der Seite schlafen?" „Ja."

„Haben Sie neue Anweisungen für die Physiotherapie?" „Nein."

Er verabschiedet mich. – So ein Riesen....! Zieht sein Standardprogramm durch und demotiviert mich. Kein freundliches Wort. Kein Anflug von Interesse an meinem rasanten Heilungsverlauf. *Hier geht es um mich! Hallo!* Mein Vorurteil von „Chirurg" fühlt sich bestätigt. Tolle Chefarztbehandlung! Ich bin frustriert. Der Adler, der schon wieder mutig gehüpft war, lässt die Flügel hängen. Soviel zum Thema Zufriedenheit. Mir scheint, mein Weg ist doch länger, als ich dachte.

Auf dem Gang quatscht mich ein bekannter Country Sänger an. Er hat den linken Arm gebrochen und sieht ziemlich derangiert aus. „Meine Stimme hab ich ja noch," sagt er, „aber mit der Gitarre klappt das nicht." Dabei müsse er doch so dringend arbeiten. Ganz großes Drama. Der hat mir gefehlt! Seinem Versuch, mich in Smalltalk zu verwickeln, kann ich heute gut widerstehen. Ich bin so fertig, dass ich dem Taxifahrer auf dem Heimweg meinen gesamten

Frust auflade. Er ist sehr mitfühlend und tröstet mich. Full Service für zehn Euro bis vor die Tür.

Meine Schwester rückt die Prioritäten zurecht. Sie macht mir klar, dass nicht die Worte eines desinteressierten Professors gelten, sondern ausschließlich mein Befinden und Körpergefühl. „Es geht dir doch gut. Du weißt, wie du dich belasten kannst. Bisher hast du enorme Fortschritte gemacht. Nur das zählt." – *Ich bin so dankbar, dass es dich gibt, kleine Schwester.*
Die Ferien sind vorüber. Einige meiner Schüler beschweren sich per Mail über den ersten Tag. Die Vertretungslehrerin ist wohl noch strenger als ich! Es kann nicht schaden, wenn junge Leute sich auf verschiedene Menschen einzustellen lernen. Ich besänftige sie trotzdem und vertröste sie auf den Mai. Und wieder erstaunt es mich, wie weit das Thema Schule von mir abgerückt ist.

In der REHA Klinik wären ab nächster Woche Termine für mich frei. Ich lasse mich vormerken.

Es fehlt noch das OK der Krankenkasse. Ob sich dort jemand vorstellen kann, wie nervig es für Kranke ist, von diesem Arbeitstempo abhängig zu sein? Auch der Dienstunfall ist in der Behörde noch nicht geklärt. Gut, dass ich für die Bezahlung der Rechnungen erst einmal Aufschub bekommen habe.

Heute war ein wunderbar sonniger Tag, aber ich habe ihn nicht genießen können. Dabei hatte ich gedacht, ich wäre schon weiter. Wie lange wird dieses Auf und Ab gehen? Kann ich überhaupt gelassen sein oder mache ich mir etwas vor? Fast habe ich das Gefühl, dass ich mit wachsender Genesung wieder an Ruhe verliere. Ich muss aufpassen, dass ich nicht nahtlos in mein Hamsterrad zurück klettere. Die Zeit vor dem Unfall war sehr stressig gewesen. Vieles erschien mir zuviel. Besonders die zunehmend frechen und ordinären Schüler fremder Klassen stießen mich ab. An manchen Tagen lief ich, den Blick auf den Boden gerichtet, über den Schulhof, um all die Negativeindrücke auszublenden. Ich konnte sie einfach nicht mehr ertragen, diese unerzogenen, dummfrechen Bälger. Bedenklich. Mir fehlen zunehmend Abstand und Toleranz. Wahrscheinlich wächst diese Haltung mit dem Schwinden gültiger, mir wichtiger Werte. Bei manchen Lehrerkollegen beobachte ich eine durchgängige „Scheiß-egal-haltung". Sie machen sich nicht mehr die Mühe, ihren Schülern eine Richtung aufzuzeigen. In dieses mühsame Geschäft hängen sich nur noch wenige hinein. Es muss mir klar sein, dass ich das nicht ändern werde.

Kein Feuer im Arsch

Heute sollen es 14 Grad werden. Die Sonne schummelt sich nur langsam durch den diesigen Morgenhimmel. Ich will mich auf den Tag freuen. Damit warte ich aber wohl noch ein wenig.

Die Spülmaschine ist nicht ausgeräumt, schmutziges Geschirr bergt sich seit gestern im Waschbecken. Der Verpackungsmüll für die Wertstofftonne steht mitten in der Küche. Anton hat sich mit einer Magen-Darm Infektion ins Bett gelegt. Wer soll diese Arbeiten nun machen? Mit zwei Krücken kann ich wenig ausrichten. Da ich diese Unordnung aber nicht ertrage, packe ich es an. Teller für Teller, Glas für Glas schiebe ich meterweise in Richtung Zielort. Es dauert eine halbe Stunde, dann steht alles im Schrank. Die Mülltüte hänge ich an die Stütze, mit der ich mich die Treppe hinunter kämpfe. Der Weg zur gelben Tonne führt am Briefkasten vorbei. Die nächste Arztrechnung ist da. Ich klemme den Umschlag in den Hosenbund und „walke" zurück ins Haus. – Jippiii! Frau macht sich unabhängig. Stück für Stück. Der Adler flattert schon wieder ein wenig mit den Schwingen.

Die Behörde hat meinen Unfall als Dienstunfall anerkannt. Sehr gut. Das bedeutet, dass ich nun darauf warte, dass mir die Krankenkasse meine Originalbelege zurückschickt. Diese muss ich dann der Behörde einreichen. Den schon erstatteten Krankenhausanteil fordert die Kasse von mir zurück. Ich bekomme ihn später von der Behörde ersetzt. Direkt dürfen die beiden Stellen nicht miteinander verhandeln. Das wäre ja auch zu einfach! Bis jetzt belaufen sich die Kosten auf rund 9000 Euro.

Leider scheint es in der Praxis meines behandelnden Arztes schwierig, ein Rezept zu versenden. Wegen dieser Schlamperei ist der Start der REHA nächste Woche in Gefahr. Ohne Rezept, kein Platz im Terminplan. Es muss alles seine Ordnung haben.

Ich maile meiner Schwester eine Einkaufsliste, die sie auf dem Weg hierher morgen abarbeiten kann. Solange Anton flach liegt, bin ich dankbar für jede weitere Hilfe.

Draußen zwitschern die Pieper um die Wette. Gwendolynn lässt sich nicht stören. Sie sonnt sich auf einer Liege. Die Vorderbeine hat sie elegant und lang ausgestreckt übereinander geschlagen. So entspannt wie diese Katze wäre ich gern.
Heute habe ich die vorerst letzte Behandlung bei Maria. Sie zeigt mir noch einmal, wie ich die Stützen richtig einsetzen muss, damit es mit der Belastung gut klappt. Ebba hat mir Kosmetika besorgt und kommt anschließend zum Kaffee. Wir planen unseren gemeinsamen Urlaub im Mai. Wie jedes Jahr wollen wir drei Frauen für eine Woche nach Mallorca fliegen. Bis dahin muss ich mit der REHA durch sein und wieder laufen können. – Ich habe noch sieben Wochen.
Mein Kater Merlin hat mich heute um halb fünf geweckt. Sehr eindringlich hockt er sich ans

Kopfende meines Bettes und gibt ein kurzes knackiges „Mau" von sich. Wenn ich darauf nicht sofort reagiere, kämmt er mit seiner Pranke – Maine Coon Kater haben Pranken – ganz langsam und sehr nachdrücklich über meine Kopfhaut. Das muss man nicht erleben! Also kämpfe ich mich bei seiner ersten Warnung zum Bettende. Für die Treppe ins Erdgeschoss brauche ich in diesem unwachen Zustand lange. Merlin geht langsam vor mir her. Ab und zu wartet er auf mich und schaut sich um, so, als ob er mein Krankenpfleger sei und mir sagen will „Lass dir Zeit Frau, wir schaffen das schon."

Die Sonne scheint aus einem stahlblauen Himmel. Wie gern würde ich jetzt durch den Park walken. Ich sehne mich nach dynamischer Bewegung!

Iris und ich haben im Gartenmarkt blaue Hornveilchen gekauft und gleich mehrere Töpfe damit bepflanzt. Meine Terrasse sagt jetzt „Frühling". Abends bin ich erschöpft, aber ich fühle mich sehr gut. Es war mir nie so deutlich, wie wichtig es für mich ist, eine Familie zu haben.

Heute habe ich einen bunt beklebten Brief bekommen. Der Absender lautet „von Ihren Lieblingsschülern". Mario, Lisa und Marcel schreiben: „Ohne Sie hat der Unterricht kein Feuer im Arsch. Wir vermissen Sie!" Was für ein Kompliment. Ich bin gerührt.

Die Zeit wird heute auf Sommer umgestellt. Ich bin um halb neun aufgestanden, dabei ist es schon halb zehn. Das erste Mal seit dem Unfall habe ich ohne Rückenschmerzen ausgeschlafen. Draußen herrscht Aprilwetter. Blauer Himmel und Sonnenschein wechselt mit unwetterartigen Regenschauern ab. Merlin ist nach zwei Tagen wieder einmal klatschnass nach Hause gekommen. Er hat sich voll gefressen und unter meinem Stuhl zusammengerollt. Kater und Katze sind beide fünfzehn Jahre alt. Aber Merlin ist alt und gebrechlich, während Gwendolynn immer noch total fit und elegant daher kommt. Es ist offenbar wie bei den Menschen. Manche halten sich besser. Obwohl mich die Katzen sehr beschäftigen und eine große Verantwortung bedeuten, möchte ich mir nicht vorstellen, dass unser gemeinsames Leben irgendwann zu Ende ist.

Auch David Beckham geht an Krücken

Unter medizinischer Rehabilitation versteht man die Wiederherstellung von körperlichen Funktionen, Organfunktionen und gesellschaftlicher Teilhabe mit physiotherapeutischen- und ergotherapeutischen Maßnahmen, Mitteln der klinischen Psychologie und Anleitungen zur Selbstaktivierung. (Zit. Wikipedia)

Das ist mein Thema: Wiederherstellung körperlicher Funktionen. Täglich erweitere ich meine Gymnastik um Übungen, die nun wieder möglich werden. Auch meine Hals- und Lendenwirbelsäule bedürfen der Aufmerksamkeit. Wenn jetzt noch eine Wirbelblockade hinzukäme, wäre das wenig schön. Ich wage mich das erste Mal wieder auf meinen dicken Therapieball. Langsam kommt das Gefühl für meine Muskulatur zurück. Es fühlt sich sehr gut an. Meine Stimmung steigt.

Sieben Wochen nach dem Unfall beginne ich heute mit einer ambulanten REHA. Um 6:15 Uhr klingelt mein Wecker. Es ist stockfinster – Sommerzeit! Ich quäle mich aus dem Bett. Alle Knochen tun mir weh. Das Frühstück ist um diese Zeit kein Genuss.

Meinen Rucksack mit Badetuch, Sportsachen und Krankenakte habe ich schon gestern Abend gepackt. Gegen 7:40 Uhr holt mich der Fahrdienst ab. Mein Gefühl sagt mir, dass ich besser keine großen Erwartungen haben sollte. Ich muss da durch, ob es nun toll wird oder nicht. Ich wohne am Stadtrand von Hamburg. Diese Klinik habe ich wegen des kurzen Weges ausgewählt.

Zuerst fülle ich vier Anamnesebögen aus. Dann führt mich eine freundliche junge Frau durch das Institut und erklärt mir die Örtlichkeiten. Sie hat ein Din à 4 Klemmbrett für mich vorbereitet, auf dem ich meine Stationen für den ersten Tag ablesen kann. Da ich hier an zwei Unterarmstützen gehe, befestigt sie ein

Schlüsselband daran, so dass ich mir das Brett um den Hals hängen kann. Während das Monstrum bei jedem Schritt vor meinem Unterleib herumschaukelt, bewege ich mich zur Umkleide. Die Luft ist hier feucht und stickig. Mehrere Frauen kleiden sich an oder aus, einige scheinen sich zu kennen. Ich tausche Jeans gegen Sportzeug und sperre Rucksack und Kleidung in einen Schrank. In der Wartezone PT (Physiotherapie) sitzen schon sieben Personen. Nacheinander werden wir zu unseren Behandlungen abgeholt. Beate führt mich in einen fensterlosen Raum. Ich bin geneigt, sie zu bitten, die Tür offen zu lassen, denn meine Platzangst beschleicht mich sofort. *Reiß dich zusammen, Frau!* Ich behalte die durchscheinende Glastür im Auge, die Freiheit verspricht. Beate fragt erneut ab, was ich um 8:00 Uhr bereits auf den Anamnesebogen geschrieben habe. Da sie sich Mühe gibt und freundlich ist, bin ich es auch. Dann findet sie heraus, wie weit ich mein desolates Bein schon heben, spreizen und anwinkeln kann. 115 Grad sagt der Winkelmesser. Toll! Das war es schon. Bis zum Beginn der ärztlichen Untersuchung habe ich zehn Minuten Zeit. Ich blättere in der aktuellen Gala. Auch David Beckham muss zwei Monate an Krücken laufen. Nur dass er nicht auf der Straße ausgerutscht ist. Und Posch, seine Frau, begleitet ihn, obwohl ihre Mimik deutlich zeigt, dass sie lieber auf ein paar Partys ginge. Die Arme. – Und schon bin ich dran. Die Ärztin ist um die vierzig, groß, kräftig und sehr freundlich. Sie hätte gern meine Krankenberichte. Zwei Krücken und Marsch in Richtung Umkleidekabine. 30 Meter hin, 30 Meter zurück. Frau Dr. liest die Berichte und Anamnesebögen. Dann untersucht sie mich gründlich. „Sie haben keine Schmerzen?" „Nein." Alles sieht, wie ich schon wusste, prima aus. Ich kann für die relativ kurze Zeit, die seit der OP vergangen ist, ganz viel. Danke Maria! „Wie weit kommen Sie denn – auf durchgedrückten Beinen stehend – mit den Händen Richtung Fußboden?" Sie steht erwartungsvoll mit einem Bandmaß neben mir. Ich wische mit meinen Fingern den Boden. „Ach, da muss ich ja gar nichts messen!" Dann schlägt sie mir unterschiedliche Therapien vor. Weil ich bei 170 cm nur 52 kg wiege, hält sie eine Ernährungsberatung für gut. „Sie sind leicht untergewichtig." Das sehe ich anders, zumal ich seit ich einmal 15 war nie mehr als 54 Kg gewogen habe. Wer viel Sport treibt und sich gesund ernährt, der baut eben kein Fett an. Und die zwei Kilo, die da noch fehlen, habe ich sofort wieder drauf, wenn meine Muskeln zurückkommen. Also bleibt es bei Physiotherapie, Arbeitstraining am Computer (?), Ergotherapie und Gerätetraining.

Ich werde dreimal pro Woche von 9:00 Uhr bis 13:00 Uhr dort sein. So sollte ich rechtzeitig vor unserem Frauenurlaub im Mai fertig werden.

Heute habe ich Steffi zur Seite, die sich anhand der ärztlichen Vorgaben Übungen an den verschiedenen Geräten für mich ausgedacht hat. Der Parcours ähnelt bis auf die großen Geräte meinem Trainingsprogramm zu Hause. Schon die zehn Minuten Warmmachen auf dem Fahrrad sind eine Freude. In kürzester Distanz „radeln" drei prollige Männer, die sich mit frauenfeindlichen Sprüchen dicke tun. Dann verschwinden sie „erst mal eine rauchen". Ich komme mir hier vor, wie in einem stark bevölkerten Zoo. – *Selbst Schuld, Frau. Du wolltest nicht so weit fahren.* –

Um 12:30 Uhr checke ich aus und nehme ein Taxi nach Hause. Die Fahrerin begrüßt mich fröhlich: „Na, Glatteis? – Dachte ich mir. Für ne künstliche Hüfte sind Sie ja wohl auch noch ein bisschen zu jung." Ich nehme das als Kompliment. Soll ich ihr sagen, dass ich nächsten Monat 60 werde? Die Taxifahrerin hat mein Alter – und wie sie erzählt – seit letztem Jahr eine neue Hüfte!

Zu Hause lege ich eine CD zur Tiefenentspannung ein und mich auf den Teppich. Es dauert nicht lange und die angenehme Stimme versetzt mich in Trance. Ich höre plötzlich die Klaviermusik, die

die Reise beschließt. Eine Stunde ist vergangen. Ich bin total frisch und sehr wach. Mit einem Milchkaffee und leckerer Schokolade setze ich mich auf die Terrasse. Mir wird bewusst, wie großartig es ist, dass ich hier jetzt ohne Krücken laufen kann. Das ermöglicht mir endlich wieder, meinen Becher dorthin zu tragen, wo ich den Kaffee trinken möchte. Die Stehkaffeezeit neben der Kaffeemaschine ist endgültig vorbei! Die Sonne scheint und ich genieße das eifrige Vogelgezwitscher in meinem Garten. Wie wunderbar klingt dieser Tag aus. Ich bin bei mir. Keine Menschen. Ein krasser Unterschied zu heute Morgen!

3:47 Uhr in der Nacht. Es stürmt und regnet stark. Das Wasser klatscht gegen die Scheiben. Die Holzwände auf der Terrasse rappeln in ihrer Verankerung. Es dauert, bis ich wieder einschlafe. Das Affengeschnatter in meinem Kopf will kein Ende nehmen. Gedanken jagen einander.

Am nächsten Morgen ist der Himmel blau. Es kommt mir vor, als schiene die Sonne extra für mich. Heute habe ich keine REHA. Deshalb werde ich mein privates Trainingsprogramm durchführen. Ich genieße es, mich mit viel Platz und ohne all die anderen Körper auf Tuchfühlung zu bewegen. Die Schmerzen in meinem Knie sind heute sehr präsent. Ich dehne Oberschenkel und Sehnen. Nach einem kleinen Mittagsschlaf walke ich an Krücken einmal um den Block. Das sind ungefähr 1,5 Km. Es fällt mir leicht und ich fühle mich gut.

Während der Kaffee kocht, nutze ich die Zeit für die 49. Heparin-Spritze. Langsam wird es schwierig, geeignete Stellen dafür auf dem Bauch zu finden. Ich desinfiziere südöstlich des Nabels. Beim Auspacken der Spritze verbiegt zum ersten Mal die Nadel. Ich biege sie wieder gerade und finde es sonderbar. Dann setze ich wie gewohnt die Spritze. Die Haut gibt elastisch nach, aber die Nadel dringt nicht ein!

Was soll das denn? Ich versuche es daneben gleich noch einmal. Dasselbe Spiel. Das scheint mir das Zeichen zu sein. Offenbar weiß mein Körper, dass es nun genug ist mit Trombose Prophylaxe.

2:26 Uhr weckt mich heute mein Kater. Nachdem ich todmüde die Treppe runter geschlichen bin, setzt er sich vor den Fressnapf. Sein Hunger hält sich jedoch in Grenzen. Dann wandert er zur Terrassentür. OK. Als ich sie öffne, versteckt er sich unter einer Topfpflanze. Ich versuche, ihn zu greifen, aber Merlin zieht sich unter den Schreibtisch zurück. Langsam wird mir kalt. Als der demente, kleine Kerl zurück zum Fressnapf marschieren will, ist meine Geduld zu Ende. Ich packe ihn und setze ihn an die Luft. Unerhört! Bin ich die Sklavin meines Katers? Zurück im Bett schnattern sogleich wieder die Affen in meinem Kopf. Es dauert lange, bis ich sie überzeugt habe, dass ich schlafen muss.

April, April!

Heute ist der 1. April. Was die Zeitung über die zukünftige Schülerbewertung in Hamburg schreibt, scheint hingegen kein Aprilscherz zu sein. Statt der üblichen Zensuren von 1 – 6 soll es nun maximal 90 Punkte geben, deren Gewicht in den verschiedenen Schultypen variieren soll. Ich kann es nicht glauben. Schon wieder eine neue Sau, die sie durchs Dorf treiben. Dabei ist noch keines der großen Reformvorhaben umgesetzt. Ich muss loslassen! Das regt mich alles auf und schadet womöglich meiner Heilung.

Zur REHA nehme ich heute nur eine Krücke mit. Die Dinger sind in der Enge dort eine zusätzliche Behinderung. Irgendwie wird es wohl gehen.
Um 9:00 Uhr beginne ich mit dem Gerätetraining. Ich verlängere das Fahrradfahren auf 20 Minuten. Dann durchlaufe ich die verschiedenen Stationen für Dehnung und Kraft. Anschließend massiert

Dennie meinen vom Krückenlaufen verhärteten Schulter-Nackenbereich. Sie macht das gut. Dennoch hätte es mich nicht gestört, wenn sie meine Haare außen vor gelassen hätte. Nun kleben sie mir ölverschmiert im Nacken. Wie unangenehm! Ich schließe erneut eine halbe Stunde Gerätetraining an und lasse mir noch eine neue Übung zeigen. Um 12:00 habe ich Krankengymnastik. Martina klärt mich über den Sinn auf, bis zur Vollbelastung zwei Krücken zu benutzen. Ihre Behandlung beschränkt sich dann leider auf wenige Handgriffe. Sie redet viel, bleibt inhaltlich aber schwammig. Wieder einmal wird mir bewusst, wie gut meine Freundin Maria in ihrem Fach ist. Als ich um 12:30 Uhr auf ein Taxi warte, bekomme ich die Quittung für all die Stunden an nur einer Krücke. Mein rechter Oberschenkel zieht bei jedem Schritt fürchterlich. Ich bin froh, als ich zu Hause das Bein hochlegen kann. *Hast dich wohl überschätzt, Frau.* Um 15:00 Uhr fährt Perdita mit mir einkaufen, denn Ostern steht vor der Tür. Ich finde das sehr lieb von ihr, zumal sie auch ohne mich genug zu tun hat. Im Supermarkt ist es voll. Eine Stimmung wie „Hamsterkäufe im Krieg" liegt in der Luft. Dabei ist Samstag doch wieder geöffnet. Mein Bein heult bei jedem Schritt auf, obwohl ich mir brav beide Stützen gönne.

Perdita erzählt mir die Neuigkeiten aus der Schule. Ich fühle mich nicht gut. Nicht so sehr deshalb, weil ich krank bin, sondern weil mir bewusst wird, dass mich das alles gar nicht mehr betrifft. Ich muss schließlich im August aus meiner Schule ausziehen und mit meiner Klasse übersiedeln. Zum Kotzen! Zudem scheinen meine Schüler nun nach fast acht Wochen ohne mich doch aus dem Ruder zu laufen. Der Klassenraum soll aussehen wie eine Müllhalde. Warum regelt das keiner der Kollegen? Als Aprilscherz ist die 8a heute für die Dauer einer Mathematikstunde verschwunden. Perdita nimmt das persönlich, weil sie doch so viel für meine Schüler tut. Meine Güte! Die Schüler sind pubertär, wollten einen

Scherz machen. Warum sieht sie das nicht locker?

Unser Familientreffen am Karfreitag läuft entspannt. Wir sind viel auf der Terrasse, denn die Sonne wärmt schon richtig.

Den Ostersonntag verbringe ich mit den Katzen allein zu Hause. Meine Stimmung hängt durch. Maria hat mich vorgewarnt, dass das bei steigender Belastung eintreten kann, dennoch mache ich mir Gedanken um mein häufiger schmerzendes Bein. Zu Hause laufe ich meist mit nur einer Krücke, was volle Belastung bedeutet. Das ist unvernünftig, aber es vereinfacht die häuslichen Verrichtungen. Beim Auftreten ist der große Oberschenkelmuskel noch schwach. Ich habe das Gefühl, einzuknicken. Es fühlt sich an wie ein „Teleskopbein". Auch der Hüftbeuger zwickt ganz deutlich. Neuerdings spüre ich an der Seite der Narbe einen Druck. Ich bin sicher, dass mir das alles nicht auffallen würde, wenn ich nicht so viel Zeit hätte, in mich hineinzuhorchen.

Abends bin ich bei einer Kollegin zum Essen eingeladen. Moritz will mich abholen. Ich hatte mich über die Einladung und die Chance auf einen schönen Abend gefreut. Nun ist es mir plötzlich wichtig, wie ich dort wieder wegkomme, ohne die anderen zu belasten. Die Vorstellung, dort draußen auf dem Lande von einem Taxi abhängig zu sein, nervt mich. Der Gedanke, mich mit den Krücken im Dunkeln die vielen Treppen zum Parkplatz hinunterquälen zu müssen, auch. Ich sage ab. Ein weiterer Abend vor dem Fernseher.

In drei Wochen werde ich 60 – eine Zahl, die mir nicht gefällt. Dass sie „alt" sagt, ist mir schnuppe. Ich habe gute Gene geerbt und bin mit mir ganz zufrieden. Aber die Zahl ist mir zu gerade. Sie heuchelt Schlichtheit: 60. Dennoch ist das eine, die es in sich hat. Sie beherbergt nicht hinterfragte Vorurteile. Mit 60 ist man als Frau weg vom Fenster. Unsichtbar. Nur wenige Männer wollen so alte Frauen kennen lernen. Viele fangen jetzt an zu lügen, wenn es um ihr Alter geht. Bei

Aufgabe einer Heiratsanzeige in einer Tageszeitung riet man einer Bekannten, sie solle lieber ein paar Jahre von ihrem Alter abziehen. Das würde ihre Chancen auf Zuschriften deutlich erhöhen. Und schließlich machten das alle so.
Was kann jetzt noch kommen? Ich nähere mich der Pensionierung. Und das neuerdings mit weniger Bedenken. – Was ist mir jetzt noch wichtig?

Das Training in der REHA bekommt mir nicht. Ich habe danach Schmerzen in der Hüfte und gehe völlig lustlos hin. Die Atmosphäre in der Klinik bedrückt mich. Heute bin ich eine halbe Stunde früher nach Hause gefahren. Der herrliche Sonnenschein auf meiner Terrasse hat mich entschädigt.
Ich habe beantragt, meinen REHA Plan zu ändern. Was soll ich in der Gruppe „Ergonomie im Alltag"? Warum soll ich meine Zeit bei „Arbeitstraining am PC" absitzen? Alles Veranstaltungen, die der Klinik Geld bringen, die

in meinem Fall aber höchst entbehrlich sind. Mein Arbeitsplatz ist äußerst vielseitig. Außerdem weiß ich als Sportlehrerin ziemlich genau, welche Bewegungen für mich richtig sind. Eine REHA Maßnahme sollte auf den Patienten individuell ausgerichtet sein. Das könnte hier eindeutig besser laufen. Heute hatte ich mein „Eingangsgespräch" beim Klinik-Psychologen. Wieder einmal haben sich Vorurteile bestätigt – auf beiden Seiten. Ein Mann Mitte fünfzig, der seit Jahren dort in einem fensterlosen kleinen Büro hockt und täglich „Eingangsgespräche" führt. „Wie geht es Ihnen?" Nachdem ich ihm meine Änderungswünsche im Behandlungsplan erklärt hatte, konnte er den Lehrerhasser nur noch schwer verbergen. „Sind Sie daran interessiert, an meinem Anti-Stressseminar teilzunehmen?" „Nein danke, denn ich habe keinen Stress." Süffisantes Lächeln. „Stress haben wir alle, liebe Frau." „Ich habe einen Oberschenkelhalsbruch." „Sind Sie beruflich zufrieden?" „Ja." „Aber ist denn diese Arbeit nicht furchtbar anstrengend?

Diese Schüler heutzutage!" „Ich mag Kinder." „Und privat? – Alles in Ordnung?" Ist er gewohnt, dass ihm die REHA Patienten ihr Innenleben ausschütten? Gute Güte! „Ich bin rundum zufrieden, danke.""Aber auch Sie könnten in diesem Seminar sicher etwas Neues erfahren." „Herzlichen Dank. Das Einzige, was ich hier möchte, ist möglichst schnell wieder laufen zu lernen." So ging es zwanzig Minuten, bis er sich endlich bereit erklärte, meine Änderungswünsche mit der Ärztin zu besprechen, „obwohl der Kostenträger solche Veranstaltungen ja vorsieht." Wohin bin ich da geraten? Alle Patienten werden pro forma durch Kurse und Seminare geschleust, ob sie ihnen etwas bringen oder nicht. „Wenn wir die Behandlung individuell auf jeden Patienten abstimmen würden, käme hier ja alles durcheinander!" – Beim Auschecken erhalte ich den geänderten Plan für die nächste Woche.

Heute feiere ich ein Fest! Die Sonne scheint aus knallblauem Himmel und ich verordne mir, 60

Tage nach dem Unfall, die erste eigene Autofahrt. Zuvor mache ich meine „Walking-Runde" zum Briefkasten und um den Block. Ich gehe zum ersten Mal im „Vierpunktgang", das heißt, ich setze die Krücken nicht mehr gleichzeitig, sondern wie Walkingstöcke ein. Das geht sehr gut, obwohl ich die Auswirkungen der gestrigen Behandlung, wie angekündigt, deutlich spüre. Da ich mich nicht mit irgendwelchen Taschen belasten will, stecke ich mir Scheckkarte, Handy und Papiere in die Hosentaschen. Mein erster Weg führt mich zur Post. Wir brauchen dringend Briefmarken. Anschließend fahre ich zur Bank. Inmitten des bunten Treibens rund um den Wochenmarkt, fühle ich mich heute nicht mehr wie ein Zuschauer, sondern wieder wie ein Teil davon. Es geht mir gut, denn ich habe alle Zeit der Erde. Auf dem Rückweg tanke ich. Alles geht wie immer. Was hatte ich eigentlich befürchtet? Ein merkwürdiger Tatendrang erfasst mich. Was könnte ich als nächstes tun? Ich räume durch den Frost geplatzte Blumentöpfe weg und gieße die

Veilchen. Trotz der Schmerzen geht es mir heute unbeschreiblich gut. Ich breche auf in eine nächste Phase. Ganz deutlich spüre ich heute den Drang, mein Leben wieder aufzunehmen, der „Krankheit" von nun an die Hauptrolle zu entziehen. Das Bein ist allerdings so präsent, dass es sich wie ein Einspruch gegen meine Entscheidung anfühlt. Bis ich meine Muskeln davon überzeugt habe, dass wir nur gemeinsam vorankommen, wird es wohl noch dauern.

Im Off oder wieder dabei?

Mein Trainingsplan ist jetzt auf Vollbelastung abgestimmt. Die Therapeuten versichern mir, dass die Muskel-Schmerzen normal sind und wohl noch eine ganze Zeit andauern werden.

In der REHA Klinik traf ich heute meine ehemalige Tanzlehrerin. Sie ist jetzt 70 und trainiert ihr neues Kniegelenk. Es war schön, sich an alte Zeiten zu erinnern. Nach dem Trainingstag habe ich meinen Arzt aufgesucht. Er hat mich für einen weiteren Monat krankgeschrieben. Danach sind Schulferien. Wenn wir von Mallorca zurück sind, soll ich als Wiedereingliederung bis zu den Sommerferien mit halber Stundenzahl arbeiten.

Heute war Bella zum Frühstück bei mir. Sie ist eine etwas komplizierte Kollegin, die momentan wieder einmal im Off des Lehrerzimmers steht.

Genau wie ich ist sie der Meinung, dass die Lehrer hier in Hamburg gerade wie Schachfiguren hin und her geschoben werden. Politische Ideologien, die am grünen Tisch ausgebrütet wurden, sollen nun den Weg der Hierarchie abwärts in den Schulen umgesetzt werden. Schade ist, dass Lehrer im Allgemeinen weisungsgewohnt und -willig sind. Diejenigen, die in der Behördenhierarchie mit Pöstchen bedacht werden, vergessen ganz schnell woher sie kamen. Die Solidarität mit den Kollegen bleibt dabei meist auf der Strecke. Frau Y fühlt sich gebauchpinselt, wenn der neue Schulleiter ihr vertraulich zublinzelt. „So machen wir es," denkt Frau X, wenn sie den hohlen Ausführungen des Oberschulrates durch Kopfnicken zustimmt. Ihr ist offenbar nicht klar, dass der Mann auch nur Anweisungen befolgt. Bella und ich kamen fast nicht zum Essen, so heiß haben wir diskutiert.

Neun Wochen nach der OP. Seit ich mein Bein voll belasten darf, habe ich die Krücken in die

Ecke gestellt. Es tut richtig weh beim Gehen. Vor jedem Schritt erwarte ich Sekundenbruchteile später einen ziehenden Schmerz. Es fühlt sich an, als würde der Oberschenkel entbeint. Aber nur durch Üben wird der Muskel begreifen, was er soll. Ich nehme keine Schmerzmittel. Die Gefahr, dass ich das Bein unter Betäubung dann überlaste, ist mir zu groß.

Heute will ich das erste Mal wieder allein einkaufen. Der Supermarkt liegt wenige Kilometer von hier entfernt auf dem Lande. Noch nirgends fand ich so freundliches Personal wie dort. Meine Einkaufsliste habe ich nach der Struktur des Marktes geschrieben. So kann ich auf meinem Rundgang ohne Umwege alles einsammeln, was ich brauche. Ich gehe langsam und die Schmerzen halten sich heute in Grenzen.

Zuerst packe ich am Gemüsestand Zwiebeln, Knoblauch und Ingwer ein. Dann rolle ich weiter zum Kaffee. Es macht mir Spaß, in der Kaffeeecke nach Schnäppchen zu schauen. Weiter geht es zur Fleischtheke. Ein wenig Hackfleisch

und ein schönes Steak wandern in meinen Wagen. An der Wursttheke kaufe ich Antipasti. Schon bei ihrem Anblick läuft mir das Wasser im Mund zusammen. Nun fehlt noch frische Milch, Crème Fraîche und ein wenig alter Gruyière. An den Süßigkeiten kann ich nicht vorbei, ohne Vollmilchschoki zu bunkern. Ich esse nur diese eine Sorte. Dann schiebe ich den Einkaufswagen zur Kasse und bin glücklich, dass ich es geschafft habe. Vorn
am Blumenstand kaufe ich 30 weiße Tulpen. Die von letzter Woche verbreiten zu Hause noch ihren wunderbaren Duft, obwohl schon einzelne Blütenblätter Richtung Teppich torkeln. Als ich alles verstaut habe, öffne ich das Verdeck meines Cabrios. Ich binde mir im Stil der 50er Jahre – Audrey Hepburn mäßig – ein Seidentuch um den Kopf und trete die Heimfahrt an. Die Sonne scheint aus wolkenlosem Himmel. Dass es noch recht kühl ist, merke ich im Auto kaum. Was für eine tolle Erfindung, so eine Sitzheizung! Ein traumhafter Tag!

Damit ich das Bein nicht überlaste, trage ich die Lebensmittel „portionsweise" von der Garage ins Haus. Ich bin ja erst bei 50 Kg. Das ist zwar, was mein Körpergewicht angeht, Vollbelastung, reicht aber nicht für zusätzliche Lasten. Auf meine wiederkehrende Selbstständigkeit bin ich stolz. Während ich die Sachen einräume, klingelt das Telefon. Es ist Frau S. von Hamburg1. Sie wollen mich gern heute spontan zu einer bisher unveröffentlichten Bildungsstudie in ihrer Fernseh-Talkrunde befragen. Dazu fühle ich mich leider noch nicht in der Lage und sage ab. Ich komme ins Grübeln, denn vor dem Unfall wäre mir das nicht passiert. Mir ist sehr bewusst, dass ich nicht nahtlos da weiter machen will, wo ich vor gut zwei Monaten aufgehört habe. Das Karussell der Verpflichtungen werde ich nicht wieder besteigen. Zu einschneidend ist dieser Bruch in meinem Leben, als dass ich ihn unterschätzen werde. Allerdings habe ich vorgestern dem Rotary-Club zugesagt, dort im September einen Vortrag über Schulkleidung zu halten. Das bedeutet wenig Vorbereitung und ist, was das Thema angeht, ein Heimspiel.

Perdita mailt mir, dass es mit meiner Klasse so nicht weitergehen kann. Offenbar haben Schüler heute im Klassenraum gekokelt. Sie findet es unerhört, dass ihr niemand die Täter verraten hat. Was denkt sie denn? Petzen ist in meiner 8a mega uncool. Natürlich muss ich sofort etwas unternehmen, bevor da in der Schule großes Kino läuft. Ein gezielter Anruf bei einem, der mir noch was schuldet, genügt. „Soll ich Ihnen jetzt erzählen, wer das war?" „Ja, denkst du, ich rufe dich an, weil mir langweilig ist?" Dann höre ich, dass Mirco und Liman aus Hendriks Tasche einen alten Böller gestohlen haben. Weil der schon kaputt war, hat Mirco ihn zusammengeklebt und Liman hat ihn angezündet und aus dem Fenster geworfen. Ich rufe Mirco an. Der fühlt sich unschuldig, schließlich habe er das Ding ja nur geklebt! Unter Androhung von „wenn nicht..,dann.." verdonnere ich ihn dazu, sich morgen gemeinsam mit Liman Perdita zu stellen. Ihr maile ich, dass ich diese Dinge selbst regle und kündige die Täter an. Nun noch zwei Mails an die betreffenden Eltern und dann Schluss für heute! – Schule ist wie ein Krake. Man muss sich sehr in Acht nehmen, um nicht in seine langen Fangarme zu geraten.

Die Sonne scheint heute so stark, dass ich mir bei einem kurzen Sonnenbad auf meinem Wind geschützten Balkon einen leichten Sonnenbrand geholt habe. Ich muss aufpassen, dass ich die Narbe nicht der Sonne aussetze! – Mir ist bewusst, wie gut ich es habe. Heute fühle ich mich wohl in der mir aufgezwungenen Langsamkeit.
Gerade wurde mein neuer Bürostuhl geliefert. Da ich wegen HWS Problemen zu Rückenschmerzen neige, habe ich mir einen Capisco geleistet. Dieser ergonomisch perfekte Stuhl ist nicht nur Labsal für den Rücken. In weißem Leder fügt er sich phantastisch in mein Arbeitszimmer ein. Ich

schleiche schon seit Jahren um diesen Stuhl herum. Ein Freund mahnte mich immer wieder, dass richtig sitzen wichtiger sei, als noch ein weiteres Handtäschchen. Immer war er mir zu teuer. Jetzt gönne ich mir das Teil zu meinem Geburtstag. – Vollziehe ich hier einen weiteren Bruch durch neue Prioritäten?

Elf Wochen nach der OP. Heute ist ein guter Tag. Ich bin gerade von der REHA zurück, als meine Schwester spontan ihren Besuch ankündigt. Knapp eine Stunde später höre ich ein lautes Knattern auf der Einfahrt. Ich glaube es nicht! Sie hat sich mit 50 wieder ein Motorrad gekauft. Dieses Mal ist es zum Glück nicht die 1000er Kawasaki, sondern „nur" eine 650er, was für eine 56 Kg Frau dicke genug ist. Iris nimmt den Helm ab und strahlt. Lange habe ich sie nicht mehr so glücklich gesehen. Qietscheorange das Gerät und schwarz die Ledermontur. „Ich lebe jetzt", sagt sie, „worauf soll ich warten?" Recht hat sie. Ich bete, dass alle Autofahrer aufmerksam fahren mögen, denen sie begegnet. Meine größte Angst sind immer die anderen. Wir beschließen, dass wir unserer Mutter so lange wie möglich vorenthalten, dass ihre Tochter wieder auf zwei Rädern unterwegs ist. Mit dem Wissen darum, schliefe sie dann womöglich gar nicht mehr.

Es ist wohl auch das Gruppenfeeling, mit mehreren Bikern unterwegs zu sein, das für meine Schwester attraktiv ist. Das kann ich nachempfinden. Weniger die Lust, bei schönstem Wetter dick vermummt mit einem Helm, der die Frisur versaut, durch die Landschaft zu rasen. Wo ist der Genuss, wenn die Schönheit der Gegend, der Duft des Sommers nur so an einem vorbeisausen? Meins ist das nicht. Für eine gemütlich pötternde Harley Davidson hingegen könnte ich mich auch erwärmen. Aber ich bin doch eher der Cabrio Typ. Wenn ich irgendwo das Seidentuch vom Kopf nehme, reicht ein Schütteln und meine Frisur sieht wieder passabel aus. Tja, wir Schwestern sind trotz vieler Gemeinsamkeiten auch sehr verschieden. Vielleicht verstehen wir uns deshalb so gut.

Autowäsche gegen schwarzen Vogel

Vier Tage vor meinem 60. Geburtstag geht es mir dreckig. Der schwarze Vogel schwebt wieder über mir. Er hat seine großen Schwingen weit ausgebreitet und hält das Licht von mir fern. In mir ist es kalt und dunkel. Gedanken an eine finstere Zukunft ziehen mich runter. Wenn mich jemand anspricht, quellen mir die Tränen aus den Augen und ich kann sie nicht stoppen. Rational komme ich da nicht heran. Ich kann mir noch so deutlich machen, dass ich bisher großes Glück hatte in meinem Leben. In meiner Seele kommt nichts davon an. Das Bewusstsein, dass etwas Entscheidendes fehlt, überwiegt. Ich fühle mich schwach und nicht belastbar. Habe keine Motivation, überhaupt etwas anzupacken. Was soll noch kommen? Was erwarte ich denn? Mir fehlt der Mut, die Unvoreingenommenheit. Ich spüre, wie sehr ich mir einen Partner wünsche, auf den ich mich nicht nur verlassen könnte, sondern, den ich auch lieben kann. *In deinem*

Alter noch so naiv? Wenn und aber wechseln ab und in mir brennt eine unangenehme Unruhe. Ich möchte mich all dem gern entziehen.
Der Gedanke, einfach zu sterben, gewinnt an Charme. Wenn das so einfach wäre...

Ein Telefonat mit meiner alten Mutter verstärkt meine Niedergeschlagenheit. Sie ist so einfühlsam wie eine Axt. „Jetzt hör aber mal auf", sagt sie, „du bist so stark. Reiß dich zusammen, sonst werde ich ernstlich böse." Tja, wenn „Bösewerden" heute noch ziehen würde. Damit hat sie uns als Kindern schon gedroht, aber jetzt? Ich bedaure, wie wenig Empathie sie zeigen kann. Meine Depression macht ihr Angst. Sie reagiert mit Wut. Aber jeder kann nur das geben, was er selbst erfahren hat.
Ich versuche, den schwarzen Vogel mit Profanem zu vertreiben, indem ich das Auto waschen lasse und in den Gartenmarkt fahre. Farne und Lavendel sind ein kleiner Anfang, meinen Garten

wieder kuschelig zu machen. Meiner Stimmung hilft das wenig.

Letzte Nacht habe ich von einem Heimaufenthalt geträumt. Alle Räume waren gelb und hellblau gestrichen – wie bei IKEA. Fürchterlich! Die Toiletten befanden sich in schmalen Spinden. Ich versuchte mich rückwärts hineinzuzwängen, aber selbst mit meinen 51 Kg passte ich nicht hinein. Der Ausgang des Raumes war ein hohes Fenster. Im Traum dachte ich darüber nach, wie alte Menschen das wohl bewältigen sollen. Zu allem Überfluss sah ich dann, wie eine ältere Dame sich mit zwei jüngeren vergnügte. – Was soll mir dieser Traum nur sagen?

Ich kann mich nicht erleichtern, weil das Klo zu eng ist. Schnüre ich mich mit meinen Ängsten selbst ein? Kann ich deshalb kaum atmen und mich entspannen? Aus dem Fenster zu steigen war mir bisher noch niemals ein Hindernis. Habe ich plötzlich doch Angst vor dem Alter? Steigt mein Interesse für Frauen? Warum gehe ich es nicht an und finde es heraus?

Die nächste Röntgenkontrolle zeigt, dass der Bruch schon gut verheilt ist. Nach Meinung des Chirurgen sollte „bei jüngeren Leuten" das Metall aber nach einem Jahr wieder entfernt werden. Das muss ich mir genau überlegen. Noch so eine Operation? Wieder nicht laufen können? Wieder stillgelegt sein?

Mein 60. Geburtstag ist ein schöner Tag. Wie jedes Mal scheint die Sonne. Als ich die Haustür öffne, um zum Bäcker zu fahren, höre ich Stimmengemurmel von der Straße. Ich schaue um die Ecke. Blau-weiße Jacken – ich kann es nicht glauben! Da stehen meine 27 Schüler vor dem Gartentor! Noch bevor ich bei ihnen angekommen bin, singen sie „Happy Birthday" im Chor. Die Fenster der Nachbarn öffnen sich, die Bauarbeiter auf dem Dach des Nachbarhauses hören auf zu hämmern. Mir schießen die Tränen in die Augen. Meine 8a. Die Kids sind 14 Jahre alt und singen mir auf offener Straße etwas vor! Dann überreicht mir Ayse Geschenke: Ein

Fotoalbum mit unzähligen Liebeserklärungen an mich, Sektgläser und Piccolo, Gutschein für einen Kosmetikhandel. Ich bin gerührt. – Worüber beschweren sich meine Kollegen?

Jetzt bin ich also 60. Na toll. Alles fühlt sich genauso an wie gestern.
Die frühlingshaften Temperaturen der letzten Woche sind nur noch Erinnerung. Bei 8 – 15 Grad schüttet sich der Himmel in Abständen kräftig aus. Immerhin schummelt sich die Sonne hin und wieder durch das Grau der Wolken. Merlin, unser alter Kater, hat sich schon drei Tage nicht mehr blicken lassen. Das Haus ist still. Plötzlich springt Gwendolynn wie angestochen mit allen Vieren gleichzeitig in die Luft! Sie wird sich wieder einmal einen Floh eingefangen haben. Es muss dringend ein Medikament her, bevor er zu mir umzieht.
Täglich absolviere ich mein tägliches Trainingsprogramm zum Muskelaufbau und zur Wiedererlangung meiner Beweglichkeit. Ist das

wirklich normal, dass es so lange dauert, bis Muskeln heilen und wieder ihre Arbeit tun? Seit der OP sind 83 Tage vergangen!

Phase vier.

Nach Ansicht der behandelnden REHA-Ärztin habe ich in den vergangenen Wochen sehr viel erreicht. Heute war mein letzter Tag dort. Wie zum Hohn schmerzt das Bein bei jedem Schritt wie wild. Ich habe die Interna meines Oberschenkels vor Augen, wie sie sich aufblasen. Musculus vastus lateralis und Musculus vastus medialis ziehen dabei abwechselnd – wie Kinder beim Tauziehen – an Retinaculum patellae mediale und Retinaculum patellae laterale. Die Botschaft „werde ja nicht übermütig, Alte" kommt an. Auch das einschränkende Lob der Ärztin „für Ihr Alter sind Sie deutlich beweglicher als andere" treibt mir nicht gerade Tränen der Freude in die Augen. Die Zahl 60 hat es eben doch in sich.

Nun beginnt Phase vier. Ich trainiere zu Hause und werde die restliche freie Zeit, bis ich wieder in den Dienst gehe, genießen.

Gleich morgen besuche ich Herrn B., meinen Friseur. Es wird dringend Zeit, dass er wieder einmal Hand anlegt. Ist der letzte Besuch wirklich schon zehn Wochen her? Zehn Wochen meines Lebens sind dahingeflogen!

Heute hat mich mein alter Kater wieder einmal mit seinem Besuch beehrt. Klatschnass klebte das Fell an seinem mageren Körper. Nur der große Kopf mit den ausdrucksvollen Augen erinnert noch an seine frühere Schönheit. Hochbeinig und mit rundem Rücken stakst er durchs Haus. Der einst so prächtige Tiger lässt heute an „Friedhof der Kuscheltiere" denken. Es macht mich traurig zu sehen, wie er alt wird. Die Artrose in seinen Knochen schmerzt bestimmt sehr, aber er sagt nichts dazu. Vielleicht soll ich mir ein Beispiel an ihm nehmen. Das Alter zu akzeptieren, dankbar zu sein für das, was man hat, ist eine echte Aufgabe. Wie leicht ist man bereit, zu stöhnen und zu klagen. Mit ein wenig mehr Demut ertrüge es sich leichter. Immer mehr Bekannte lassen sich Botox oder

Hyaloronsäure spritzen, um ihre Falten zu glätten. Und das regelmäßig immer wieder, denn die sind hartnäckig. Die Gesichter werden immer ausdrucksloser. Manche Stirn sieht aus wie Plastik. – Gerade gestern fielen mir Fotos einer der letzten Modenschauen in die Hand, bei der ich gelaufen bin. Ich muss 39 gewesen sein. Es war eine spannende Zeit. Aber vor allem brachte es gutes Geld. Ich freue mich darüber, wie gut ich aussah, aber ich trauere dieser Zeit nicht nach. Natürlich ist es besonders für uns eitle, außenorientierte Menschen nicht ganz leicht, die Veränderungen unseres Körpers beim Älterwerden zu ertragen. Dennoch habe ich mir meine Falten „erlebt". Mit jungen Frauen muss ich nicht mehr konkurrieren. Ich denke also nicht, dass ich jemals an mir herumschnipseln lassen werde. Für mich wird das Alter hoffentlich die lange ersehnte Gelassenheit mit sich bringen.

Herr B. beichtet mir im Vertrauen, dass er seinen Friseursalon zum November schließen wird. Sein Lebenspartner leidet an einer schweren, fortschreitenden Krankheit. Die verbleibende Zeit wollen sie ohne Stress verbringen. Ich bin betroffen. Wie ist das, wenn man das Leben seines Partners bewusst zu Ende begleitet? Was wird Herr B. tun, wenn er nicht mehr kreativ Frauen verschönern kann? Bei ihm habe ich mich immer sehr wohl gefühlt. Der Gang zum Friseur ist für mich vergleichbar mit dem zum Zahnarzt und setzt viel Vertrauen voraus. Zum Abschied umarmt er mich und küsst mich freundschaftlich auf die Wange. Wir mögen uns. Irgendwann hat er mir anvertraut, dass er sich um eine Frau wie mich bemühen würde, wenn er nicht seinen Partner hätte. Da wäre ich wohl nicht einmal abgeneigt. Auch ein Denkmodell, die Partnerschaft mit einem schwulen Mann, der keine körperlichen Erwartungen hegt. Austausch auf platonischer Ebene ganz ohne Sex. Das erscheint mir momentan verlockend. – Wahrscheinlich werde ich gerade alt.

Gestern schrieb ich noch eine lobende Rundmail an meine Schüler, weil ich keine weiteren „Missetaten" gehört hatte. Heute bekomme ich erst einen Anruf von Achmed, der mir dringend etwas erzählen muss, dann bringt Perdita mir die Neuigkeiten zum Kaffee. Jungen der 8a – die üblichen Verdächtigen – haben sich eine Wasserschlacht geliefert. Zwei versteckten sich im Klo und wurden dort von anderen – wer war das? – eingesperrt. Als die Hausmeisterin sie befreit hatte, entbrannte im Klassenraum ein wildes Gerangel, bei dem zwei Stühle flogen. Verletzt wurde zum Glück niemand.

„Die Schule" möchte nun eine Disziplinarkonferenz abhalten. Bevor „die Schule" weiterer Übertreibungen frönt, werde ich diese Konferenz nächste Woche selbst leiten, obwohl ich mich im Krankenstand befinde. Allerdings fehlt mir noch eine griffige Anklage. „Wasserspritzen" erscheint mir denn doch zu dünn. Ich finde fragwürdig, warum die anwesende Kollegin zwar bemerkte, dass zwei

Schüler fehlten, sich aber mit dieser Feststellung zufrieden gab und dem nicht weiter nachging. Hätte sie ihrer Aufsichtspflicht genügt, wäre alles Folgende nicht geschehen. Die Eltern, die mich abends anriefen, fanden das auch nicht lustig. „Die Schule" muss Acht geben, dass sie das Ganze nicht zu hoch aufhängt und sich womöglich selbst in die Nesseln manövriert.

Drei und eine halbe Stunde habe ich heute in der letzten Fusionskonferenz der beiden Schulen gesessen. Der neue Schulleiter ist ein „Bestimmer". Er diskutiert nicht, sondern stellt vor vollendete Tatsachen. Was ihn nicht interessiert, das bügelt er ab. Ich bin sicher, dass er die neu entstehende Riesenschule mit weit über tausend Schülern im Sinne der Behörde gut leiten wird. Wer so geschickt Aufgaben delegiert, schafft sich genügend Raum für eigenes Wirken.

9. Mai. Muttertag. – Vor genau drei Monaten brach ich mir mein Bein. Gerade heute schmerzt

mein Knie unbeschreiblich. Wie zur Mahnung sackt es bei jedem Schritt ein wenig ein, so dass ich beim Gehen schaukle. Wann bin ich am Ziel?

10. Mai. Kontrolluntersuchung in der Klinik. Der Professor ist sehr zufrieden. Im Gelenk ist keine Artrose zu sehen. Mit seiner unterkühlten Art erklärt er mir, dass der große Oberschenkelmuskel bei der OP zerschnitten wurde. Der noch andauernde Heilprozess dürfte auch für meine zeitweiligen Schmerzen im Knie verantwortlich sein. Ich muss mich wohl darauf einstellen, dass die geschraubte Hüfte nie wieder ganz so wird, wie die andere. Damit kann ich leben, wenn ich nur irgendwann wieder federnd gehen kann. Momentan bewege ich mich, wie eine sehr alte Frau. Jedenfalls kommt es mir so vor.

Die erste Walking-Runde nach dem Unfall habe ich mir trotzdem für heute vorgenommen. Der eisige Wind kann die Wolken nicht vertreiben, aber hin und wieder lugt die Sonne für Momente hindurch. Der Park strotzt vor üppigem Grün, wie um mich zu begrüßen. Drei Monate war ich nicht hier auf dieser wunderbaren „Rennstrecke", die ich sonst täglich absolviere. Meine Bedenken, ob ich die Runde um den kleinen Teich auch schaffe, vergehen schnell. Ich achte darauf, dass ich die Füße gleichmäßig aufsetze und richtig abrolle. Lange Schritte, die Arme leicht mitschwingen lassen. Tja, so geht man. Wenn einzelne Muskelgruppen noch im Urlaub sind, ist das eine echte Übung.

Ich benötige 45 Minuten, was für den Anfang in Ordnung ist. Alle haben mir Mut gemacht und jetzt glaube ich es auch. – Ich werde wieder gesund.

Meine Stimmung fährt Achterbahn. Ich freue mich auf die Australien-Soap, die ich mir seit dem Unfall jeden Mittag im Fernsehen ansehe. Sie beamt mich zurück in dieses wunderbare Land, das so anders ist, als alle sonst. Ich kann mich in die Probleme der Protagonisten hineinversetzen und muss nicht an meine eigenen denken.

Gut, dass ich bald wieder arbeite. Ich befürchte, ich fiele sonst in ein großes emotionales Loch, wenn die Serie zu Ende geht.

Ist tägliches Fernsehen und ein virtuelles Ersatzleben ein „Arbeitslosenphänomen"?
Eskapismus ist für dich keine Dauerlösung, Frau.

Weiberurlaub

Irmi und Hans, sind für ein paar Tage aus Wien zu Besuch in Hamburg. Die beiden kennen sich seit über zwanzig Jahren. Obwohl sie sich zwischendurch aus den Augen verloren hatten, haben sie nun im letzten Jahr geheiratet. Garantie für ihre gelingende Ehe sind zwei getrennte Wohnungen. Hans und Irmi pendeln und sehen sich unter der Woche selten. „Nach der Arbeit falle ich am liebsten allein müde in mein Bett," sagt Hans, „und sprechen mag ich dann auch nicht". Offenbar ein gutes Rezept.
Wir sitzen stundenlang zusammen und reden. Mir wird deutlich, wie sehr sie mir hier fehlen. Soviel Herz, soviel Wärme! Hans hat den typischen Wiener Schmäh. Lange habe ich nicht so viel gelacht und mich derartig wohl gefühlt.
Heute Morgen ist Irmi in ihrem Ferien-Appartement die Treppe hinunter gefallen! Die Untersuchung ergab, dass sie sich am rechten Fuß mehrere Bänder abgerissen hat. Es wird

dauern, bis Irmi wieder laufen kann. Der Musicalbesuch am Abend wird mit Krücken erfolgen müssen. – Ich fühle mit, denn die Zeit an Stützen ist mir noch sehr präsent. Arme Irmi!

Ich hocke über meinem Koffer und versuche zu entscheiden, welche Klamotten hinein sollen. Auf Mallorca sind 23 Grad, hier gerade einmal 10! Wie jedes Jahr werde ich zuviel einpacken und trotzdem wichtige Teile vermissen. Darum rege ich mich erst gar nicht auf. Es ist, wie es ist.
Ebbas Mann wird uns zum Flughafen bringen. Was für ein Glück, dass ich mitfliegen kann! Diese Woche unter Weibern ist immer die beste Erholung. Nur meine Katze wird mir sehr fehlen. Die letzten drei Monate, in denen ich permanent zu Hause war, haben uns noch enger miteinander verbunden. Sowie ich mich irgendwo niederlasse, macht Gwendolynn es sich auf meinem Schoß gemütlich. Sie wirkt ungeheuer beruhigend auf mich. Ihr seidiges, langes Fell duftet ganz zart. Ich glaube, Gwen ist die sauberste kleine

Katzendame der Welt. Liebevoll nenne ich sie „Puschelmizza", was eine alberne Verdrehung von „Muschelpizza" ist und mit Katze eigentlich überhaupt nichts zu tun hat. Trotzdem finde ich, dass es so klingt, wie Gwen aussieht!

Und schon drängen sich mir Zukunftssorgen auf. Was mache ich, wenn Anton ausgezogen ist und ich verreisen möchte? Wird er hier solange einziehen und die Katze hüten? – Schnee von übermorgen, aber ausreichend, um mich zu belasten. *Da ist es wieder, das Hauptthema in deinem Leben, Frau. Lebe unbeschwert im Hier und Jetzt. Denke nicht an die Zukunft, denn dann verpasst du die Gegenwart!*

Der Flug verläuft bis auf einen kleinen Zwischenfall reibungslos. Der Metallscanner beim Checkin sagt zu dem Schrott in meinem Bein nichts. An Bord wird ein Snack serviert. Ich wähle das Laugenbrötchen mit Käse und erstarre beim Hineinbeißen! Der Teig ist so klebrig, dass er mir die Teleskope vom Kiefer zieht und meine

Frontzähne im Brötchen zurückbleiben. Zum Glück hat es niemand gemerkt. Aber als ich es den beiden anderen berichte, die noch mit vollen Backen ihr Baguette kauen, prusten sie los und Krümel beregnen die vordere Sitzreihe. Ja, wer den Schaden hat.. Gegen 18:30 Uhr besteigen wir unseren Mietwagen in Palma und fahren Richtung Süd-Osten. Die Landschaft ist hier wunderschön. Olivenhaine wechseln mit grünen Wäldern. Dazwischen blüht der Ginster kräftig gelb. Wir fahren durch die engen Gassen kleiner, malerischer Orte. Calla Figueras ist nicht groß und trotzdem haben wir Mühe, die Straße zu finden, in der unser Ferienhaus liegt. Maria fragt in einer Bar nach dem Weg. Als wir zum zweiten Mal davor ankommen, bietet ein schon recht angetrunkener Bursche an, auf seinem Moped vorweg zu fahren. Peinlich! Die Sackgasse hatten wir beim ersten Mal glatt übersehen. Das Haus ist ein schneeweißer Kasten mit griechisch-blauen Fensterläden. Die Dachterrasse reicht über den gesamten Bau. Ein hübsch angelegter Garten und

Palmen in Kübeln umgeben das Haus. Der Schlüssel liegt, wie telefonisch vereinbart, in der Waschmaschine im Waschhaus. Die drei Zimmer, das Bad und das riesige Wohnzimmer sind frisch renoviert und pieksauber. Unsere Vermieterin hat das Haus mit viel Geschmack und Sinn für Gestaltung eingerichtet.

Wie immer verstehen wir drei Frauen uns prima. Die meiste Zeit verbringen wir mit Lesen. Ich habe mehrere Australien-Romane und Krimis mit. Entspannung ist angesagt. Am Mittwoch fahren wir zum Markt nach Santanyi. In einer kleinen Boutique drängen sich uns ein paar Shirts auf, die wir unmöglich dort lassen können. Tapas und Maibowle in einer gemütlichen Bodega runden den Tag ab.

Wir gehen jeden Abend essen, weil wir keine Lust zum Kochen haben. Die Empfehlungen des neuen GEO Heftes sind hervorragend. Das „Pura Vida", direkt an der Steilküste hoch über dem Meer gelegen, bietet nicht nur eine sehr gute Küche, sondern auch eine grandiose Aussicht. So vergeht die Woche wie im Fluge. Pfingstsonntag landen wir um 15 Uhr wieder in Hamburg.

Pfingstmontag genieße ich mein Heim. Nach jeder Reise tauche ich gern wieder in meine vertraute Umgebung ein. Gwendolynn fühlt sich wohl und schnurrt wie ein Samowar. Anton sagt mir, dass er sich sehr darüber freut, dass ich zurück bin. – Heute ist alles gut.

Neu-Start

Heute war mein erster Arbeitstag. Die Schüler waren erträglich, die Stimmung gut. Trotzdem ist deutlich, dass in meiner Schule die Stillosigkeit um sich greift. Der Hausmeister hat um seinen Garten einen 2,5 m hohen Zaun gezogen und ihn mit einem Sichtschutz aus Stroh und einer bunten Lichterkette verziert. Es sieht aus, wie auf einem billigen Campingplatz. Ich habe mich spontan im Loslassen geübt. Es ist nicht mehr meins dort. Ich bin bald weg.
Ich kann mich heute kaum bewegen. Alles tut mir weh. Nach dem gestrigen Krafttraining mit meinem Physiotherapeuten habe ich voller Energie gleich noch den Rasen gemäht. *Du solltest ein wenig vernünftiger sein, Frau!*
Die Putzfrau hat abgesagt. Ich nutze den unverhofft freien Nachmittag, um nach bequemen Schuhen zu suchen. Diesen Sommer, so er denn noch kommt, werde ich ohne Highheels und auf rutschfesten Sohlen begehen müssen. Natürlich

sind die Schuhe meiner Wahl in meiner Größe, die wahrscheinlich 80% aller Frauen haben, nicht mehr verfügbar. Ich durchmesse die City kreuz und quer – kein Ersatz für meinen täglichen Walk – mit dem Erfolg, dass ich schließlich doch drei neue Paar Schuhe im Wert eines Kleinwagens heimführe.

Ich fühle mich behindert. In den Schaufenstern sehe ich, dass mein Gang noch unsicher und nicht flüssig aussieht. Menschengruppen, die auf mich zukommen, beängstigen mich. Hoffentlich rennt mich keiner um! Die äußerliche Veränderung meines Körpers und Auftretens macht mich unglücklich. Wie soll ich damit klar kommen? Das Haus nicht mehr zu verlassen ist sicher keine Lösung.

Sonntag. Draußen herrscht tristes, grau-gelbes Licht. Alle Naselang regnet es. Obwohl der Wetterbericht das angekündigt hat, schlägt es mir schwer auf die Stimmung. Ich heule wie ein Schlosshund. Es muss mir endlich gelingen, im Jetzt zu leben. Diese ständigen Exkursionen in

eine hypothetische und Angst einflößende Zukunft rauben mir die Energie, die ich so dringend für die Heilung des Bruches brauche.
Wie sonderbar, dass jetzt Kim anruft. Sie hat die Unterlagen einer Freundin, die im letzten Jahr aus dem Leben geschieden ist. Ist es eine Beruhigung, zu wissen, wie man seinem Leiden schmerzfrei ein Ende setzen kann? Ich möchte das wissen.

Ein grässlicher Schmerz durchfährt meinen Rücken. Ich kann mich kaum aufrichten. Die zwei Aktenordner, die nun auf der Treppe liegen, können das kaum gewesen sein. Mein Physiotherapeut stellt fest, dass es eine Kreuzbeinblockade ist. Am Ende der Behandlung bin ich schmerzfrei. Alles geht wieder! Ich bin so glücklich, dass ich ihn spontan umarme. Zu Hause lege ich mich ein wenig hin. Diese mittägliche Entspannung ist zum Ritual geworden. Einmal am Tag ganz loslassen. Leider ist die Blockade danach wieder akut. Ich mache

Übungen zur Lockerung, die aber nur Erleichterung für Minuten bringen, bis alles wieder zusammenrutscht. Nun schmerzt durch die Fehlbelastung auch der Fußballen beim Auftreten.

Ich versuche heute trotzdem, an der Nia Stunde teilzunehmen. Vielleicht helfen mir die Bewegung und all die positive Energie dort im Raum. Unsere Lehrerin hat sich den Fuß gebrochen, was sie nicht hindert, uns einbeinig, auf einen Stuhl gestützt und voller Elan zu unterrichten. 15 Frauen im Einklang der Bewegungen schaffen soviel gute Schwingung, dass mir die Tränen fließen. Ich bin – trotz der Rückenschmerzen – so irrsinnig glücklich, wieder hier sein zu können. Ein und eine halbe Stunde Tanzen und Entspannung nach Musik und ich bin ein anderer Mensch.

Zu Hause ist das Glücksgefühl plötzlich vorbei. Die depressive Mütze senkt sich über meine Augen. Wieder kommen diese dunklen Gedanken, die ich seit langem kenne: Wozu das alles noch? Was soll ich machen? Mein Leben hat keinen Sinn mehr. Nur Schmerzen, immer neue Fronten. Was kann noch kommen? Wie soll ich das alles schaffen? Vielleicht soll ich doch ein Antidepressivum nehmen, damit sich diese Lebensmüdigkeit nicht einschleift?

Wie sehr wünsche ich mir einen freien Kopf und helle Gedanken. Die meiste Zeit betrachte ich mich von außen. Ich sehe mir zu, wie ich durch den Alltag wandle, ohne wirklich daran teilzunehmen. Alles erscheint mir so unwirklich. Wie ist das, wenn man sich spürt? Wie fühlt es sich an, wenn man erlebt?

Gegen Mittag habe ich einen Termin beim Chiropraktiker bekommen. Die Schmerzen im Rücken müssen weg! Er kennt mich seit Jahren und macht sich sofort an die Arbeit. Vor allem die Halswirbel sind blockiert. Ich gehe aus der Praxis mit einem leichteren Gefühl. Draußen scheint die Sonne und für einen Augenblick fühle ich mich wohl. Ich werde mehrmals zum Justieren der Wirbel gehen müssen, bis alle wieder da sitzen, wo sie hingehören.

Die Sonne scheint aus einem Bilderbuchhimmel! Ich fühle mich heute das erste Mal wieder freier und sehe unter meiner dunklen Mütze hervor. Im Garten ist Vogelkonzert. Gwendolynn liegt neben mir im Gras. Ich habe mir eine Liege in den Halbschatten geholt und begebe mich mit meinem Buch nach Cornwall.

Der Verlag hat seinen neuen Katalog geschickt. Er enthält die Anzeige meines neuen Buches. Eine Doppelseite nur über mein Werk.
Gut gemacht, Frau.
Im Magazin einer Lehrergewerkschaft ist eine Glosse von mir erschienen. Bei erneutem Lesen muss ich grinsen. Wenn die Senatorin das liest, wird sie mich noch weniger lieben. *Bravo!*

Die Änderungsvorschläge der Lektorin müssen in das Buch eingearbeitet werden. Sie hat mir ein sicheres PDF geschickt, was verhindert, dass ich im Manuskript ändern kann. Also, alles zu Fuß. Ich fürchte, ich produziere massenhaft Redundanzen. Das Wochenende geht damit jedenfalls drauf. Es tut nicht wirklich weh, denn es ist kalt und ungemütlich draußen.

Meine Elternschaft hat wieder unser traditionelles Sommerfest veranstaltet. Ein super Buffet, entspanntes Zusammensein bei herrlichem Sonnenschein, zufriedene Schüler – ein gelungener Abend.
Ein paar Schüler führen einen lustigen Sketch auf, den wir zwei Tage lang geprobt haben. Um diesen guten Zusammenhalt von Schülern, Eltern und Lehrer beneiden mich meine Kollegen. Ich fühle mich gut heute.

Wieder empfinde ich mich als Betrachterin meines Lebens. Ich schaue mir dabei zu, wie mich ein schwarzer Strudel von Ängsten und Zukunftsvisionen in einer Endlosschleife herumwirbelt. Ich schaue zu, wie aus mir, einer starken und intelligenten Frau, ein Psychowrack wird. Jeden Tag Endzeitstimmung. Jeden Tag die feige Frage „Wie bringe ich mich irgendwann schmerzfrei um?"

Es hört einfach nicht auf. Jetzt hat mich eine Zecke erwischt. An der Rückseite meines Oberschenkels habe ich es erst heute bemerkt, als es zu jucken begann. Da war ihr Körper durch das Reiben des Jeansstoffes schon abhanden gekommen und ich konnte nur noch den Kopf entfernen. Eine fette Röte um den Einstich herum sagt mir, dass da etwas vor sich geht, das nicht gut ist. Meine Ärztin reagiert völlig gelassen. Sie interpretiert die Röte als allergische Reaktion. Wir wollen abwarten, ob sich etwas ändert und ev. in drei Wochen einen Bluttest auf Borrelien machen.

Ein erneuter Besuch beim Osteopathen hat mir gut getan. Er konnte mein Occipitalgelenk lockern, sodass sich mein Kopf heute ganz leicht anfühlt. Er hat mir deutlich gemacht, dass ich allein bestimme, wie ich weiter vorgehe.

Mir geht es gut nach dieser Sitzung. Ich fühle mich dem Gedanken „ich will leben" wieder ein wenig näher.

Gefahr erkannt, Gefahr...?

Auch heute geht es mir noch „komisch". Im Dienst breche ich in Tränen aus. Plötzlich stürmt meine ganze Situation auf mich ein. Mir wird bewusst, dass das jetzt meine letzten Tage in dieser Schule sind. Eine Woche noch, dann fahre ich morgens ins Ghetto und sehe Perdita nicht mehr. – Es ist einfach zuviel!
Ständig kontrolliere ich mein Gangbild. – *So alt, Frau!*
Am schlimmsten aber ist der bevorstehende Umzug. Innerhalb der nächsten drei Schultage muss ich zusammenpacken, was mit soll. Bücher, Möbel, Computer ... Meine Elternschaft hat angeboten, zu helfen. Ich bin sehr dankbar für ihre Unterstützung.

Ein langes Gespräch mit Perdita hat mir klar gemacht, dass ich momentan nur eine einzige Aufgabe habe. Ich muss entspannen und alles tun, damit ich wieder Lebensfreude empfinden kann. Stress ist höchst kontraproduktiv. Ich spüre bei Ärger oder Furcht sofort, wie ich mich psychisch und physisch schlechter fühle.

Deshalb muss ich versuchen, meine Ängste zu relativieren, muss positiv denken. Vielleicht läuft es ja gut an der neuen Schule? Ein neuer Start kann auch eine Chance sein. Mein Bein wird heilen und wieder stark werden. Bald werde ich wieder ich selbst sein, spätestens nach den Sommerferien. – Wie sang die Schlange Kaa im Dschungelbuch? – „Glaube miiiiir, ….."

Heute hat mir mein Friseur ein Kompliment gemacht. Beim Abschied sagte er, ich sei eine sehr schöne Frau. Dabei fühlte ich mich total unzulänglich und wie 105. Ich sollte ihm wohl besser glauben und dieses positive Gefühl dann in Ausstrahlung umwandeln. Was 59 Jahre funktioniert hat, wird auch weiterhin klappen. – *Leg endlich los! Du bist eine tolle Frau.*

Von jetzt an will ich negative Gedanken und Einflüsse sofort verbannen. Nicht mehr mit mir.

Ich brauche all meine Kraft, all meine Energie zum Leben. Schon viel zu lange habe ich mich von verschiedenen Schicksalsschlägen drehen lassen. Josch und sein Vater haben mein 31 Jahre altes Hollandrad repariert. Ich unternehme nun Fahrten durch die nähere Umgebung. Meinem Hüftgelenk tut das gut. Allerdings zwickt es noch stark in der Hüftbeuge. Sollte das nicht bald besser werden, lasse ich das Bein zur Sicherheit noch einmal röntgen.

Ferien! – Auf die Frage „Was machst du?" habe ich jedem ein fröhliches „Nichts!" entgegen gerufen. Wie ich es genießen kann, aus der genormten Bahn der Abläufe auszuscheren! Nicht um sechs Uhr aufstehen müssen, sondern um sieben oder irgendwann. Beim Zeitung lesen Zeit haben. Überlegen, wozu ich Lust habe, nicht, was ich erledigen muss. Ich liebe die Sommerferien, die mir fünf Wochen lang ein anderes Leben erlauben. Wochen der Erholung im Garten, an der

Ostsee oder bei Freunden. Der Sommer ist mir viel zu schade für große Reisen.

Wir haben 35 Grad. Diese Hitze macht mir neuerdings arg zu schaffen. Auch mein Oberschenkel beschwert sich heftig. Beim Gehen reißt es wieder wie vor drei Monaten. Alles zusammen fühlt sich krank an.

„Du brauchst mehr Freude", sage ich mir. Und genau daran werde ich üben: Lebensfreude. Diese Ferien will ich genießen. Zeit zu haben, erscheint mir wie ein Geschenk. An manchen Tagen ertappe ich mich bei dem Gedanken, dass ich noch zu wenig geschafft habe. Um mir dann zu sagen, dass ich jetzt gar nichts schaffen muss. Nichtstun fällt mir am schwersten.

Ich radle täglich durch den Park. Meinem Bein tut die Bewegung gut. Ich bin sehr achtsam. Mir ist dauernd bewusst, dass ich nicht stürzen darf. Wann werde ich wieder frei sein von diesen Ängsten? Wann werde ich den Bruch vergessen haben?

Heute habe ich zur Sicherheit den Bluttest machen lassen. Ich will wissen, ob mir die Zecke vor vier Wochen womöglich Borreliose Erreger verpasst hat.

Gerade komme ich aus Annas wunderbarem Garten zurück. Von 7:30 bis 8:45 Uhr versammeln sich den Juli über dort jeden Freitag Freundinnen zum Frühyoga. Positiv gestimmt genieße ich jetzt mein Frühstück. Draußen ist es angenehm abgekühlt.

Das Ergebnis des Bluttests ist negativ, was Borreliose betrifft. Aber der Schilddrüsenwert liegt an der Grenze zur Überfunktion. Wir müssen das im Blick behalten. Da tut sich doch nicht die nächste Baustelle auf?

Ich habe mich bei verschiedenen Internet-Partnerportalen angemeldet. Wenn ich es nicht wenigstens versuche... es wird niemand an meiner Tür klingeln. Ich bin eine Königin

Drosselbart, eine eiskalte Schneekönigin. So leicht gefällt mir kein Mann. Von Liebe will ich erst gar nicht träumen. Meine große Liebe ist seit über zehn Jahren vorbei. Davon habe ich mich nie ganz erholt. Deshalb jetzt, gerade jetzt! Ich will nicht so weitermachen. Ich will nicht mehr allein sein. – *Oh, ha, wie mutig!*
Wie meine Freundin mache ich mich acht Jahre jünger. Ich denke, das ist von meiner Optik her realistisch. Auch meinen Beruf stelle ich zurück. Ich gebe vorerst nur „Autorin" an. Wer will eine alte Lehrerin?

Füreinander

Ich, apart und stark, suche einen interessanten Menschen: Achtung voreinander haben, miteinander lachen und teilen, was zu teilen ist, füreinander da sein – sich austauschen und nah sein, dem anderen genug Raum lassen. Das Leben leicht machen, jeden Tag genießen.

Ich stöbere in sämtlichen Foren nach potenziellen Kandidaten für mein Leben. An Zuschriften mangelt es mir nicht, an für die Eiskönigin interessanten Männern schon. Zu einem Date kann ich mich nicht entschließen. Mein Pessimismus siegt. Es hat ja doch keinen Zweck. Trotzdem stöbere ich weiter... Die Hoffnung stirbt zuletzt. Das ist wie mit dem Lotteriegewinn. Ein Mensch bittet Gott: „Herr, lass mich gewinnen!" Gott antwortet: „Gib mir ne Chance, kauf dir ein Los!"

Resturlaub

Das Wetter ist um gute zehn Grad abgekühlt. Sonne und Wolken wechseln ab. Meine Morgengymnastik verlege ich auf die Terrasse. Ich genieße die Tage. Einige wenige Schnecken haben offenbar die Trockenheit überlebt und fraßen meine blauen Glockenblumen. Ich pflanze noch einmal neu – das letzte Mal für diesen Sommer. In die Erde menge ich reichlich Kaffeesatz, den die Schnecken angeblich nicht mögen. Jeden Morgen schaue ich als erstes nach, ob die Pflanzen noch da sind. Es funktioniert!

Der schwarze Vogel ist wieder da. Die Hausrenovierung hat das Konto geleert und ich muss Heizöl für den Winter einnehmen. Schon sieht er seine Chance, für Schatten zu sorgen. Die härteste Arbeit in meinem Leben besteht jetzt darin, das Vieh zu vertreiben und Freude im

Augenblick zu finden. Kann Freude so schwer sein?

An der Männerfront tut sich jedenfalls nichts. Auf einem Portal begegne ich lauter Bubis, die gern was mit ner älteren Frau hätten. Was sollte mir das bringen? Nichts Neues. Die anderen zahlreichen Zuschriften überzeugen auch nicht. Rentner, die mit mir lesen und spazieren gehen wollen, reiche Männer, die glauben, ihr Geld sei überzeugend, farblose Burschen, nicht einer dabei, den ich treffen möchte. – *Weib, das hättest du wissen müssen!*

Auf ins Getümmel!

13. August. Das neue Schuljahr beginnt in drei Tagen: Konferenzen, Kollegiumsausflug, Konferenzen. Am Donnerstag kommen die Schüler. Der Stundenplan ist jedoch noch eine Aufgabe mit vielen Unbekannten, zum Glück nicht meine.

16. August. Gesamtkonferenz. 90 Lehrer sitzen wie die Hühner auf der Stange auf der Theatertribüne des Gymnasiums. Zu ihren Füßen sieben Personen, die in Zukunft die drei Standorte der neuen Stadtteilschule leiten sollen. Inhalte gibt es wenige. Berichte, über das, was jeder schon aus der Presse weiß, reichlich. So vergehen viele unnütze Stunden. Bei der Verteilung der Einsatzpläne kommt Stimmung auf. Das erste Mal in der Geschichte dieser Schule werden Lehrer gegen ihren Willen in Fächern und Klassen eingesetzt, ohne vorher gehört worden zu sein. Der neue Schulleiter regelt das Institut offenbar nach Management-

Manier. Er wird lernen, dass es besser läuft, wenn man seine Mitarbeiter ins Boot holt und möglichst viele an einem Strang ziehen. Eine Schule braucht einen Geist. Durch Unterrichtsdiktate wird sich dieser nur schwer einstellen.

Mir gelingt es ganz gut, das alles nicht zu nah an mich herankommen zu lassen. Ich werde im Rahmen der Wiedereingliederung bis Oktober nur 15 Stunden pro Woche in meiner eigenen Klasse unterrichten. Dann sehen wir weiter. Dennoch bin ich am Abend sehr verspannt. Da ich den ganzen Tag über gesessen habe, weder Zeit für Entspannung noch Sport hatte, fühle ich mich unwohl und schlapp. Ich werde in Zukunft darauf achten müssen, dass mein Körper zu seinem Recht kommt.

Nach Sintflut artigen Regenfällen ist das Sommerwetter noch einmal zurückgekehrt.
Vorübergehend scheint jetzt die Sonne. Orkanartige Winde haben den Regen vertrieben. Ich habe erst um 10:45 Uhr Unterricht und kann

es heute gemächlich angehen lassen. Welch ein Luxus! Ich fühle mich gut. Mein Bein schmerzt wieder. Der Oberschenkelmuskel ist offenbar neuerdings wetterfühlig. *Na, wenn es nicht mehr ist!*

29. August. Ich bin das ganze Wochenende allein. Das Wetter ist wie im April. Regen und Sonne wechseln sich ab. Mir wird deutlich, dass ich, obwohl gern allein, gerade sehr einsam bin.
Alle meine Freundinnen sind verreist oder mit ihren Partnern irgendwo unterwegs. Ich bin hier. Was werde ich in Zukunft tun? Ich kann nicht ununterbrochen Bücher schreiben oder lesen. Mir fehlt eindeutig Gesellschaft. Ich muss mir etwas einfallen lassen. Die Zeit, in der ich nur für meine Arbeit gelebt habe, ist vorbei.
Ich bin ein paar Kilometer Fahrrad gefahren, da ich zurzeit schlecht laufen kann. Immer wieder schießt urplötzlich ein reißender Schmerz in meinen Oberschenkel. Mir fehlt eindeutig

Bewegung und das feuchtkalte Wetter tut mir nicht gut. Ich spüre eine Depression nahen.

Im September ist das Wetter eklig geworden. Den ganzen Tag fällt ein nasser Vorhang aus einem steingrauen Himmel. Mir geht es trotzdem gut. Erstaunlich! Ich arbeite mich durch ein neues Buch „Glück" von Mathieu Ricard, einem buddhistischen Mönch. Vielleicht kann ich seinen Rat annehmen. Ich glaube, dass es mir besser geht, wenn ich weniger will. Ich muss zufrieden damit sein, dass ich bin. Eine schwere Übung.

Welch ein Zusammentreffen! Meine Lektorin hat mir heute den Erstling meines neuen Buches geschickt. Ich bin sehr damit zufrieden. Fällt mir ein Ritual dazu ein? Vielleicht lade ich wen zum Essen ein oder ich gebe im Kollegium ein Glas Sekt aus. Nur wenige von denen kennen mich wirklich. – Das wäre was! „Ich möchte mit Ihnen auf das Erscheinen meines 3. Buches anstoßen.

Zum Wohl!" Ich sehe die betroffenen Gesichter vor mir und die Idee gefällt mir immer besser.

Wohin wird es gehen?

28. September. Mein kritischer Text zur Schulreform „Stadtteilschule, nein danke" wurde auf Seite 2 des Hamburger Abendblattes veröffentlicht! Die Kollegen hat es gefreut. Sogar fremde Lehrer riefen mich an, um mir zu gratulieren. Der lapidare Kommentar des Schulaufsichtsbeamten: „Das ist ja sehr deutlich."

Ein trockner Reizhusten hält mich die Nächte hindurch wach. Auch meine Stimme ist betroffen. Hin und wieder verabschiedet sie sich ganz, was für die Arbeit nicht wirklich schön ist. Andererseits fühle ich mich dieser Tage „gesünder", wenn ich mir das nur nicht einbilde.
Die Morgentemperaturen liegen inzwischen bei drei Grad. Wir hoffen auf einen schönen Herbst. Bei jedem Walk durch der Park bin ich gespannt, ob ich Kastanien finde. Die leuchtenden braunen Dinger bedeuten mir „Glück". Wenn ich sie da zwischen den vielen trocknen Blättern entdecke,

betrachte ich sie jedes Mal wie kleine Geschenke – extra für mich. Im Hause bleiben sie nicht lange schön, aber darauf kommt es auch nicht an.

4. November. Der Herbst zeigt sich jetzt von seiner übelsten Seite. Es regnet und stürmt. Blätter peitschen wie Schneeflocken durch die Luft.

Der Sommer dahin,
Regen und Wind
lösen Sonnenschein ab.
Erste Blätter fallen herab,
manche unruhig sind,
fragen nach dem Sinn.

Was wird kommen?
Schicksal –
Niemand hat die Wahl.
Unbenommen.
Kühle Lüfte
umgeben dich
zarte Düfte
mischen sich.

Aus dem Boden strömt
erdiger Duft,
der versöhnt.
Hoffnung in der Luft,
dass es weiter geht.

Alles noch einmal,
wie oft ist egal.
Wichtig nur,
in der Spur
zu bleiben.

Die Feuchtigkeit macht alles schwerer. Ich bin viel zu Hause. Durch die Umstellung auf Winterzeit sind die Nachmittage schon nicht mehr richtig hell. Spazierengehen im Park entfällt. Ich muss mehr an die Luft!

Mein alter Kater Merlin kommt bei diesem Wetter häufiger ins Haus. Er setzt Kot ab, wo immer er gerade steht, meist auf dem Teppich. Es ist eklig und stinkt fürchterlich. Ich muss schauen, wie lange sich das Tier noch wohl fühlt – und ich.

22. November. Blauer Himmel und Sonnenschein um 9 Uhr. Welch ein Lichtblick nach vielen trüben und feuchten Tagen soll es kälter werden. Der erste Schnee ist angesagt. Ich habe ein ungutes Gefühl bei dem Wort „Schnee". Wie werde ich mich bewegen? Wie sicher werde ich gehen? Mein Sturztrauma sitzt tief! Die Erinnerung an das vergangene Jahr kommt hoch. Mir graust es vor dem ersten Schnee, der sich jetzt von Süden her ankündigt. Die permanente Angst wieder auszurutschen begleitet mich. Außerdem friere

ich neuerdings sehr. Wäre das anders, wenn ich mehr Fett auf den Rippen hätte? Na, dann muss ich wohl besser noch mehr anziehen.

Und dann schneit es! – Ich arbeite gegen die Angst. Das darf kein Trauma werden. Also schippe ich Schnee, was das Zeug hält. – Blauer Himmel und Sonnenschein! Wie wunderschön.

6. Dezember. Es hat auf den Schnee geregnet! Glatteis überall. Ein Schneechaos naht. In mehreren Bundesländern fällt der Unterricht aus. Auch in Hamburg dürfen die Schüler zu Hause bleiben, während die Lehrer natürlich erscheinen müssen. – *Take care, Karin!*

Meine Stimmung ist trotzdem gut. Ich habe mir zu Weihnachten eine superschöne Handtasche geschenkt. Habe richtig Freude daran! Die wird mich die nächsten 20 Jahre begleiten. Dass dieser Klassiker mein halbes Weihnachtsgeld verschluckt, ist mir egal.

25. Dezember. 1. Weihnachtstag 9:00 Uhr. – Die Zeit, bis um elf die Familie zum Brunch anrückt, will ich in Ruhe begehen. Ich habe ein wenig gefrühstückt und grüble nun beim Tee über die Zukunft. Wie wird es sein, wenn Anton auszieht? Wie wird es mir damit gehen, dass ich von nun an immer allein sein werde? Werde ich loslassen können? Werde ich mir neue Inhalte suchen oder habe ich genug zu tun? Meine alte Mutter macht es mir vor. Sie, die ihrem verstorbenen Mann am liebsten sofort gefolgt wäre, ist heute eine lebenslustige Frau. Regelmäßig erlebt sie Phasen der Einsamkeit, aber dann freut sie sich auf das nächste Treffen mit Freundinnen oder den Spaziergang durch die Geschäfte.

Die grundsätzliche Frage nach dem Sinn meines Lebens steht im Raum. Eine Aufgabe war, diesen Sohn aufzuziehen. Die ist beendet. Von beruflichen Sinnfragen will ich absehen, aber vielleicht soll ich die Energie, die jetzt frei ist, noch einmal gezielt einsetzen? Vielleicht am besten für mich selbst?

Der ewige Schnee geht mir aufs Gemüt. Auto fahren ist nur bedingt möglich, weil die Nebenstraßen nicht geräumt werden. Ich verpasse schon das dritte Mal die Niastunde, weil die 30 Kilometer Landstraße im Dunkeln für mich ein Risiko bedeuten, das ich nicht eingehe. So bewege ich mich entschieden zu wenig. Die tägliche Gymnastik und das Treppentraining reichen nicht aus, um mir ein gutes Gefühl zu geben. Ich möchte eine kleine Schneewanderung unternehmen. Der Weg ist das Ziel.

Silvester werde ich allein zu Hause sein. Eine bewusste Entscheidung. Mir ist nicht nach Party. Gegen 20 Uhr checke ich meine E-Mails. Eine aus dem Dating Cafe reizt mich zur Antwort. Ein Typ, der ganz in der Nähe wohnt, schreibt locker, witzig und doch klug. Alexander ist 50. Na, passt doch. Eine Mail jagt plötzlich die nächste. Der Abend vergeht wie im Fluge. Gegen 22 Uhr telefonieren wir. Er ist lustig, unser Gespräch endlos. Gegen 23:10 Uhr beende ich es. Wir wollen uns am Sonntag sehen.

00:00 Uhr. Ich trinke meinen Nuejahr-Begrüßungssekt. 2011 – Hallo! Ich erwarte nur Gutes von dir. Dein Vorgänger war richtig daneben. Ich will Spaß, ich will das Gefühl, wieder zu leben.

Alexander ruft an, um mir kurz ein Frohes Neues Jahr zu wünschen. Nett!

Ich gehe gegen 1:00 Uhr ins Bett, um ein wenig zu lesen, solange die Silvesterböller noch nicht alle verbraucht sind. Gwendolynn liegt auf der Bettdecke und fragt sich, was der Lärm soll. Ich bin zufrieden mit dem Ausklang dieses schlimmen Jahres. Wenigstens der letzte Rest war gut. Ein so lustiges Silvester hatte ich lange nicht. Ich bin gespannt auf den Mann.

Alexander ist ungeduldig. Er will mich sehen. Aber heute hat Mutter Geburtstag. Anton und ich werden sie zum Kaffee besuchen. Deshalb passt es erst morgen.

Der Mann ist so positiv, so sicher, dass wir zwei es sind, dass es mich trotz großer Fragezeichen fast mitreißt. Offenbar kann man noch so alt werden und nicht aufhören zu träumen. Vielleicht ist es Schicksal, dass er gerade in dem Moment auftaucht, als ich in einer Umbruchphase bin, wo ich Ängste vor dem Alleinsein entwickle. Ich kann es mir noch nicht wirklich vorstellen, ohne meinen Sohn zu leben. Er war immer da. Immer war er mein Focus. Ich muss ihn loslassen. Das ist gar nicht so leicht.

Umso mehr werde ich mich hüten, mich in eine zu enge Bindung an einen Mann zu flüchten. Ich sehe diese Begegnung locker und als Zeichen dafür, dass mein Leben weitergeht.

Der Himmel ist heute knallblau und die Sonne scheint. Extra für mich? Alexander holt mich um 12 Uhr zum Spaziergang ab.

Wir fahren an die Elbe. Der Wind pfeift uns um die Ohren. Es gibt noch viele vereiste Stellen auf den Wegen, so dass wir uns zur Sicherheit bei der Hand nehmen. Das ist mir nicht unangenehm.

Wir haben reichlich Gesprächsstoff und gehen anschließend essen. Alexander ist Kaufmann, durch und durch bodenständig. Er scheint voll engagiert und begeistert ob unserer Bekanntschaft. Mir ist das ein wenig zuviel. Ich frage mich, was ich überhaupt will. Da ist einer, der sich interessiert und mich stören seine braunen Augen! Mein Bauch schweigt. Ganz im Gegenteil, er kann sich Körperlichkeiten mit diesem Mann nicht vorstellen. Wenn ich daran denke, in seiner Villa vor dem Kamin zu hocken, kriege ich Beklemmungen. Wahrscheinlich schreckt mich das Zweierding an sich. Zudem glaube ich, dass unsere Interessen doch zu verschieden sind. Nach fünf Stunden habe ich das Gefühl, dass ich nach Hause muss. Alexander ist ungeduldig, weil er nicht weiß, wie es weitergeht. Ich versuche zu bremsen.

Alexander holt mich abends zum Essen in den Dorfkrug ab. Wir reden stundenlang und langweilen uns nicht. Dennoch springt bei mir kein Funke über. Er kommt anhand von Antons Alter darauf, dass mit meiner Altersangabe im Internet irgendwas nicht stimmen kann. Als ich ihm sage, dass ich mich acht Jahre verjüngt habe um überhaupt Reaktionen zu bekommen und reale 60 bin, fühlt er sich veralbert. Wir diskutieren geschlagene zehn Minuten darüber, weil er nicht glaubt, dass ich so alt bin. Leider habe ich meinen Personalausweis nicht dabei.

Gleich am nächsten Morgen kommt eine Mail, in der Alexander mir mitteilt, dass ihn unser Altersunterschied schon beschäftigt. Seine diversen Frauen waren immer erheblich jünger als er. Ich erkläre ihm, dass das für mich kein Problem sei, da meine Männer gern jünger waren als ich und ich versichere ihm, dass optisch nicht zu sehen sei, dass ich auch nur eine Minute älter bin als er. Ich möchte ihm ja nicht direkt sagen, dass er deutlich älter aussieht als 50. Und doch ist es so. Das zerfurchte Gesicht eines Mannes, der zuviel arbeitet, die untrainierte Figur eines Schreibtischtäters.

Wir mailen und er ist nach wie vor am Ball. Offenbar ein Abenteuer für ihn, mit einer „älteren" Frau.

Aus unserem Treffen wird heute nichts, denn Anton braucht mein Auto. So vergeht der Abend mit Mailen und Fernsehen. Egal. Es nützt ja nichts. Ich frage mich jedoch, ob ich mich überhaupt noch verlieben könnte – ?

Ein zweiter Mann kommt ins Spiel. Ich habe ihn beim Stöbern im Dating Portal entdeckt. Er hat weißes Haar und scheint ein Asket zu sein. Grau-grüne kluge Augen schauen mich aus dem Foto an. Erste Mails und Telefonate sind äußerst angenehm. Mein Vorbehalt gegen Lehrer sitzt mir allerdings ständig im Genick. Ich werde wachsam sein.

Guten Abend,
aus der Abteilung "Lehrer" fällst du
optisch deutlich heraus. Kompliment!

> Und du lächelst äußerst sympatisch.
> Mit welchen Fächern beglückst du deine
> Schüler und welcher Sport hält dich fit,
> dass du diesen Job aushältst? Schönen Abend

> ...vielen Dank für deine prompte Antwort, die vielen Informationen über dich und das freigeschaltete Foto (sehr, sehr sympathisch). Wenn ich richtig liege, bist du also in der Sek 1 tätig. Sportmäßig liegen wir nicht weit auseinander (Bogenschießen habe ich allerdings mit 12 Jahren zuletzt gemacht). Schön auch deine Liebe für Sonne und Schnee. Sorry, dass ich so schnell das Thema wechsele. Ich habe dien Foto nochmal angeschaut und du kommst mir irgendwie bekannt vor. Ich glaube dich aus diversen Zeitungsartikeln wiedererkannt zu haben. Habe ich Recht? Nochmals Themenwechsel und ich hoffe, ich bin nicht zu forsch. Wollen wir nicht einmal miteinander telefonieren und erkunden, ob es danach zu

> einem Treffen auf einen Kaffee oder ein Glas Wein reicht? Wirklich liebe Grüße–David

> Guten Abend David,
> ich bin ein bunter Hund. Darum gebe ich das Foto gar nicht gern frei.
> Natürlich können wir telefonieren. Heute bin ich allerdings zu platt, denn ich komme grad heim. Wenn du magst aber gern morgen. Ruf mich an, wenn du magst. Wünsch dir einen schönen Abend

– Übernächste Woche werde ich ihn treffen – David, einen Berufsschullehrer. Er ist 59. Am Telefon klingt er nicht uninteressant, wenn auch sehr kontrolliert. Seine Stimme ist tief und weich. – Erotisch!? Mir erscheint die Internet-Partnersuche wie eine sehr große Speisekarte. Die Kandidaten suchen nach immer neuen

Herausforderungen. Wenn sie sich fast entschieden haben, sind sie wieder unsicher, ob sie nicht noch Besseres versäumen – und suchen weiter nach dem optimalen Menü.

Ich bin gespannt auf die Realbegegnung mit David. Gespannt bin ich auch, wie oder ob die „Sache Alexander" weiter geht. Er möchte mich auf Händen tragen und das kenne ich noch nicht. Natürlich weiß ich auch nicht, ob ich das zulassen könnte, denn mein Lebensmotto ist „I fly the plane".

14. Januar. Anton wird heute 32. Er packt seine Sachen, denn morgen zieht er in seine erste eigene Wohnung. Das gesamte Haus steht voller Kisten und Kartons. In mir festigt sich das Gefühl, dass es nun Zeit wird. Zeit, dass mein Sohn auf eigene Füße kommt und Zeit, dass hier wieder Ordnung einkehrt. Die nächste Woche werde ich mit Räumen und Putzen überbrücken. Ich möchte hier deutlich aufklaren. Vielleicht lässt mich das die Trennung besser verkraften.

Außerdem ist wieder Zeugniszeit. In der Schule läuft der übliche Wahnsinn. Allerdings gab es zwei Wochen lang einen Zusatzspaß: neue Zeugnisformulare! Da die Behörde es aber nicht rechtzeitig schafft, die zugehörige Software bereit zu stellen, wurde nun kurzfristig die Benutzung der alten Zeugnisse genehmigt.

15.Januar. Mein Sohn zieht aus. Freunde helfen fleißig. Noch fragt er sich, ob alles in den Umzugswagen passt. Ich frage mich, wann er seine letzten Reste hier abgeholt hat, damit auch ich nach vorn schauen kann. Mir schwant Übles. Man sollte es nicht glauben, wie viel sich in zwei Zimmern ansammeln kann.

16. Januar. Die erste Nacht meines neuen Alleinseins habe ich hinter mir. Es ist ein sonderbares Gefühl. Bei aller Trauer, dass ich meinen Sohn loslassen muss, trotz des Gefühls, zurückgelassen worden zu sein, fühle ich mich auch gespannt auf diesen Neuanfang. Das erste Mal seit dem Studium wohne ich allein und kann

meine eigene Ordnung leben. Ich muss diese Chance begreifen. Stück für Stück, Regal für Regal erobere ich mein Haus zurück. Es wird Monate dauern, bis es mir passt. Und diese Zeit werde ich auch brauchen, um zu mir zu kommen.

Eine Freundin rät mir, selbst nun auch einen deutlichen Bruch zu machen und jetzt das Haus aufzugeben. Weg vom Stadtrand, hinein in die Stadt. Ich bin mir aber sicher, dass ich lieber im Grünen lebe und in die Stadt fahre, wenn ich möchte. Was soll ich dort allein inmitten von Häusern, inmitten anderer Wohnungen? Was sollen die Katzen dort? – Mein doofes kleines Haus und der Garten, zwei Terrassen und ein Balkon sind nicht zu unterschätzen. Wenn sie mir die Miete nicht ins Unermessliche erhöhen, kann ich es halten, sogar, wenn ich in Pension gehe. Aber ich will gar nicht in die Zukunft denken. Der Augenblick „jetzt!" ist mir wichtig.

Wie vor einem Jahr stehen wunderbare zartgelbe Tulpen auf meinem Schreibtisch. Sie erinnern mich an den Unfall. Bald ist Jahrestag...

Alexander hat mich zum Kaffee in sein Haus eingeladen. Es wird immer klarer, dass aus uns kein Liebespaar wird. Da wir Vertrauen zueinander haben und reden können, kann es eine gute Freundschaft werden. Sein Haus ist riesig. Obwohl der Wohnbereich offen ist, fällt nicht genug Licht hinein. Das Durcheinander unterschiedlichster Möbelstile in dem riesigen Salon wird dominiert von einer Zehnsitzer-Hochlehner-Eckgruppe in schrillem roten Leder! Die Wände des Essbereichs hingegen sind in einem sehr unruhigen Muster lila-weiß gewischt. Als Deco hängen überall Bilder von Tigern. Es ist das schrecklichste Ambiente, das ich je gesehen habe! Wie könnte ich mit jemandem zusammen sein, der einen solchen Geschmack hat? *Du bist doch nicht etwa oberflächlich, Frau?*

20. Januar. Heute bin ich mit David zum Abendessen verabredet. Gerade als ich einparke, geht er hinter meinem Wagen vorbei: groß, weißes, jungenhaft geschnittenes Haar, schwarzer Mantel und Rollkragenpullover. Perfekt. Jetzt muss er mir nur noch aus der Nähe gefallen. Ein letzter Kontrollblick in den Rückspiegel, Lippenstift ok und los. Wir treffen uns vor dem Restaurant. Er scheint mir sehr umsichtig und sympathisch. Unseren Tisch hat er bewusst in einer ruhigen Ecke des leicht halligen Restaurants bestellt. Obwohl mein Warnsystem gegen Lehrer sofort wach ist, schlägt es nicht an. Ich bin gespannt, höre genau hin, aber es ist wenig Lehretypisches an ihm. Er hat viel zu erzählen. Ein interessanter, äußerst männlicher Mann mit einem sehr hintergründigen Lächeln. Ich sehe ihn gern an! David genießt den Wein und auch das Essen. Er erzählt, dass er gern kocht, was mich noch mehr für ihn einnimmt. Gesprächsstoff haben wir reichlich. Erst gegen 23:30 Uhr brechen wir auf. Ich habe am nächsten

Tag früh Unterricht. Es ist mir egal. Was für ein wunderbarer Abend! Wir wollen uns am übernächsten Wochenende wieder sehen. Ganz schön kopfig, so lange zu warten..
Ich bedanke mich per Mail für den schönen Abend.

> Guten Morgen,
> das war doch etwas spät gestern. Bin saumüde. Meine armen Schüler!
> Es war ein sehr schöner Abend mit dir.
> Dankeschön.
> Was mich besonders freut: Ich sehe dich gern an
> Schönen Frei-Tag für dich

Gleichzeitig kommt Davids Post an.

> ....
> ich wollte dir gerade ein herzliches Dankeschön für den gestrigen Abend schicken und sehe, dass du mir zuvor gekommen bist. Mir ging es

> übrigens genauso, eine nette Unterhaltung mit einer sehr, sehr attraktiven Frau und ich muss gestehen, dass du bei mir ein Kribbeln verursacht hast und das ist mir schon seit einiger Zeit nicht mehr passiert. Ich hoffe, du bist nicht böse, dass ich dir das so direkt sage. Ich wollte damit nur ausdrücken, dass ich den Anfang als sehr gelungen empfand, ich mache mir aber auch keine übertriebenen Hoffnungen und bin weiterhin Realist. Ich bin allerdings gespannt, ob und was sich weiter entwickeln kann. Habe heute Morgen meinen 15 Jahre alten Mitsubishi, den ich vor 5 Jahren von meiner Mutter bekommen habe und der für mich ein wertvolles Erinnerungsstück ist, durch den TÜV gebracht und darüber bin ich sehr froh. Also schon jetzt ein guter Frei-Tag. Zusammen mit deiner Mail kann es also besser gar nicht werden. Liebe Grüße David

Ich sage ihm nicht, dass ich froh wäre, wenn ich so ein Kribbeln auch erleben könnte. – Kann ich mich überhaupt noch verlieben? Ist es möglich, dass sich dieser Zustand erst langsam einstellt? Immerhin gefällt er mir. Das ist viel! *Gib dir ne Chance Weib!*

Alexander hat ungewohnter Weise die Nacht über nicht gemailt. Das klärte sich heute, als er sich damit dicke tat, dass gestern Abend plötzlich so was Langbeiniges in der Tür gestanden hätte, ihn bis jetzt zum Ausleben ihrer unaussprechlichen Gelüste missbraucht habe und gerade wieder weg sei. – Damit ist das auch geklärt. Es geht mir gut, denn seit ich sein rotes Sofa sah, bin ich mit ihm als potentiellem Partner durch. Wichtig wäre mir, dass wir Freunde bleiben, denn Spaß kann man mit Alexander haben.

David sehe ich am kommenden Sonntag wieder. Bin gespannt, was er sich einfallen lässt und ob ich ihm näher komme. – Was ist bloß los mit mir? Das ist ein toller Mann! *Weib, reiß dich zusammen. Wovor hast du Angst?*

Anton hat mich heute besucht. Wir haben zusammen gekocht und zu Abend gegessen. Er ist entspannt, denn seine Wohnung gefällt ihm gut und das Alleinleben scheint ihm zu bekommen. Der neue Stadtteil ist interessant und angenehm.

Alexander ist völlig erschöpft. Die Langbeinige hat ihn sich wieder gegriffen. Und da er ein hilfsbereiter Mann ist,.. Gute Güte!

Ich verbringe den Sonntag heute ganz bewusst allein zu Haus. Eine Einladung von David, ihn zum Tag der offenen Tür ins Schauspielhaus zu begleiten, lehne ich nach kurzer Überlegung ab. Ich habe schlicht keine Lust, herumzulaufen. Die Zeit hier zu Hause geht herum mit Aufräumen, Planungen, was aus Antons Arbeitszimmer werden soll und alltäglichem Kleinkram, der gemacht werden will.

Verliebt?

Ich bin mit David verabredet. Wir gehen ins Royal Meridian zum Kaffee und später ins Theater. Er erwartet mich vor dem Hotel mit einem strahlenden Lächeln, das mich sofort ansteckt. *Der hat was! Frau, was geschieht da?* David benimmt sich äußerst souverän und sieht mit seinem weißen Haar ausgesprochen interessant aus. Wir erwischen einen Fensterplatz im 9. Stock. Obwohl es heute leicht diesig ist, ist die Aussicht auf die Alster wunderbar. Es fühlt sich gut an mit diesem Mann, so vertraut, als wäre es das Normalste, dass wir hier gemeinsam sind. Er ist ein Gentleman und macht mir Komplimente. An Gesprächsstoff mangelt es uns auch dieses Mal nicht. Ich fühle mich deutlich zu ihm hingezogen.
Gegen 18:15 Uhr ziehen wir in die Kammerspiele um. „Weißt du eigentlich, dass du eine wunderschöne Frau bist?" raunt David mir an der Garderobe zu. Ich weiß, dass ich gut aussehe,

trotzdem freut es mich, dass er es wahrnimmt. Beim Aussuchen meiner Garderobe für diesen Abend hatte ich einige Mühe. Ich bin so schlank im Moment, dass mir meine Sachen nicht passen. So habe ich einen schwarzen Rock wiederbelebt, der mir immer zu eng war, und dazu einen schwarzen Rollkragenpullover, einen breiten Ledergürtel und Stiefel mit Absatz gewählt. All das Schwarz ist wahrscheinlich ein interessanter Gegensatz zu meinem blonden Haar.

Das Zwei-Personen Stück ist relativ kurz und nicht überragend spannend. Weil es noch früh ist, gehen wir eine Kleinigkeit essen. Es ergeben sich viele Gemeinsamkeiten. Zum Beispiel haben wir beide den selben Chiropraktiker. (!) David möchte mich gern am Wochenende wieder sehen. Wir wollen gemeinsam kochen. Ich darf entscheiden, ob bei mir oder bei ihm – ganz ohne Hintergedanken, wie er sagt. Zum Abschied, ich habe ihn nach Hause gefahren, küssen wir uns das erste Mal. Es ist sehr angenehm! Ich fühle mich gut!

David schreibt mir eine ganz liebe und zärtliche Mail.

> So ein Pech, wiedermal bin ich zu spät. Ich hatte gehofft, dir zuerst sagen zu können, wie schön ich den Abend mit dir empfunden habe. Du bist eine bemerkenswerte Frau, in deiner Gegenwart fühle ich mich einfach wohl. Und ich freue mich auf unser nächstes Treffen, egal wo und in welcher Form. Dir eine gute Nacht zu wünschen kommt wohl nicht mehr rechtzeitig an, aber für schöne Träume hast du heute gesorgt. David

Ich genieße die Zeit mit ihm. Da ist ein sehr ruhiges und stabiles Gefühl, das mir sagt, meine Sehnsucht nach einem Menschen an meiner Seite könnte in Erfüllung gehen. – *Oh bitte!*

Heute Mittag war ich mit Alexander kurz einen Kaffee trinken. Wir hatten wieder viel Spaß. Ich bin froh, ihn als Freund gewonnen zu haben und sicher, dass es nie etwas anderes sein könnte.

Heute habe ich mit David telefoniert. Er begann das Gespräch sehr ernst „Also, drei Dinge muss ich dir sagen...". Mir wurde mulmig. Ich fragte mich, was nun kommen würde. „Habe meine alte Liebe wieder getroffen"? – Die ersten zwei Dinge bezogen sich dann auf meine frühmorgendlichen Mails, die er immer erst später liest und deshalb auch spät beantwortet. Langsam ging es mir besser. Was hatte ich denn befürchtet? Er scheint mir doch wichtiger, als ich mir eingestehen kann. *Yes!* Gibt es also doch jemanden, den ich akzeptieren und sogar mögen kann? Vielleicht bin ich die längste Zeit Eiskönigin gewesen.– Die dritte Sache war, dass ein Kollege ihn heute Morgen angesprochen hatte, weil er so strahlte. Der hatte direkt vermutet, dass David wohl ein gutes Wochenende gehabt hätte. „Und ich hab ihm geantwortet, dass es toll war", sagte mir David. Dabei sei er immer recht locker drauf. Es sei schon ungewöhnlich, dass der das gemerkt habe. – Ich bin beeindruckt, dass mir ein Mann auf diese Weise sagt, dass er mich mag. Am Freitag wird er für mich kochen. In seiner Wohnung. Ich freue mich und bin gespannt.

Abends ruft er erneut an, um sich zu erkundigen, ob ich bei dem Blitzeis heil nach Hause gekommen bin. Rührend! Tatsächlich war mein Auto käfigartig übergefroren und dann bin ich 25 Kilometer mit 40 km/h geschlichen, weil es schweineglatt war.

Noch 6 Tage bis zum Jahrestag meines Unfalls. Das Datum ist mir sehr präsent, zumal die Straßen wieder glatt sind. Ich bin glücklich, dass der Bruch so gut geheilt ist. Gestern traute ich mich das erste Mal, beim Sport wieder zu hüpfen! Die Oberschenkelmuskulatur tut es also wieder. Meine Grundstimmung ist positiv und leicht. Es kommt mir vor, als verdanke ich das David.

Heute war ich bei David zum Essen. Tisch und Küche waren durch Kerzen erleuchtet! Es gab Nudeln. Dazu hatte er Pesto selbst gemacht. Superlecker! Ich stehe auf Männer, die kochen und genießen können. Seine Wohnung ist geschmackvoll eingerichtet. Alles hell, wenige farbige Akzente. Keine rote Couch! Er ist äußerst verbindlich und liebenswert. Ich habe Feuer gefangen. Die Eiskönigin schmilzt! Der Mann interessiert mich.

> danke für den schönen Tag. Ich habe die Zeit mit dir sehr genossen. Du bist sehr anders als andere,
> was mir gut gefällt. Einer, der beim Kochen die Küche nicht einsaut und danach noch aufräumt! Unfassbar! Was mich ärgert, ist meine Gesundheit. Aber vielleicht stimmt es ja, dass

> was lange währt, gut wird.
> Ich denk an dich heut Nacht, du Lieber

Mein Sohn und ich frühstücken zusammen in seiner Wohnung. Es fehlt noch etwas zum Sitzen und auch ein Tisch. Also machen wir Camping auf dem Fußboden. Wir verstehen uns sehr gut. Die neue räumliche Entfernung wirkt sich zwischen uns nicht aus. Unsere vielen gemeinsamen Jahre, in denen wir einander den nötigen Raum für Privatsphäre und Entwicklung ließen, verbinden uns. Bei IKEA erstehen wir später noch einige Kleinigkeiten. Das Wetter ist wieder einmal ein Witz! Es regnet ununterbrochen und dabei stürmt es wie verrückt.

Die täglichen Telefonate mit David geben mir ein Gefühl, das ich lange vermisst habe. Es scheint so, als hätten wir uns gefunden und ich möchte mich gern auf diesen Mann einlassen.

Kann es sein, dass er nach so vielen Jahren meine Gefühlskälte beenden kann?

Der Adler ist besiegt

8. Februar. 12:00 Uhr. Ein Jahr nach dem Beinbruch. – Ich stoße mit mir selbst auf meine Gesundheit an. *„Du hast es geschafft! Zum Wohl!"* Das Bein ist prima verheilt und wieder gut zu gebrauchen. Ich bin glücklich, dass es damit keine Komplikationen gab und dass ich mich auf mein Standbein wieder verlassen kann. Dass es bei feuchtkaltem Wetter schmerzt, nehme ich hin. Dass gewisse Bewegungen nur eingeschränkt möglich sind, auch.

Draußen sind milde 5 Grad plus. Alles ist grün, in krassem Gegensatz zum letzten Februar. Mein Haus duftet wieder nach Tulpen. Ich erinnere mich, dass meine lieben Besucher mich letztes Jahr reichlich damit beschenkten. Tulpenduft bedeutet für mich Hoffnung, Vorfreude, Neugier.

In den vergangenen zwölf Monaten war mein fein geordnetes und durchstrukturiertes Leben zusammengebrochen. Dinge, die ich glaubte tun zu müssen, wurden unwichtig. Zwänge konnte ich hinter mir lassen. Das Übergewicht meines beruflichen Engagements wurde mir bewusst. Ich musste erkennen, dass 95% Beruf und 15% Privatleben keine gute Mischung ergeben. Während ich vor dem Unfall an beiden Enden brannte, keine TV Einladung ausließ, keine Podiumsdiskussion absagte, wäge ich nun sehr genau ab, ob mir etwas gut tut oder ob es Stress bedeutet. Ich werde nicht mehr in andere Städte fliegen, um dort morgens um 5:30 Uhr in irgendeinem Sender das Frühstücksfernsehen mit meinen Weisheiten zu beglücken. Ich werde nicht mehr bis spät abends in Bildungsgremien diskutieren, um nach wenigen Stunden wieder aufzustehen, weil ich in den Dienst muss. Ich habe meine Lebenseinstellung geändert. Heute muss ich nichts mehr müssen. Beruflich kann ich nicht mehr erreichen. So what!

Mein Zuhause nimmt jetzt die zentrale Rolle in meinem Leben ein. Während ich früher nie Zeit hatte, mich vor lauter Terminen daheim oft nur zu Besuch fühlte, genieße ich jetzt jede Stunde und besonders die Wochenenden. Von wechselnden Stimmungshochs und folgenden depressiven Phasen gebeutelt, habe ich im letzten Jahr oft daran gedacht, wie es wäre, das nicht mehr ertragen zu müssen. Deshalb erfüllt mich große Dankbarkeit, wenn ich darüber nachdenke, wie gut es mir heute wieder geht. Natürlich werden auch wieder schwächere Phasen kommen, aber ich hoffe, dass sie mich nicht mehr umhauen werden. Ich habe es ja schon einmal geschafft.

Langsam gewöhne ich mich an den Alltag ohne Anton. Dennoch fehlen mir unsere Gespräche und sein besonderer Witz. Aber mein Sohn kommt gut allein zurecht. Also habe ich meine Aufgabe als allein erziehende Mutter erfüllt. *„Gut gemacht, Frau!"* Wir schreiben regelmäßig E-Mails und telefonieren. Gemeinsame Treffen sind immer ein Erlebnis.

Mein Leben hat eine deutliche Wende vollzogen. Wohin sie geht, wird sich zeigen. Ich habe einen Mann kennen gelernt. Damit hat das „Jetzt" für mich eine ganz neue Bedeutung. David! – Ich kann wieder lieben, ein Geschenk, das ich nicht mehr erwartet hatte. Ich mag mein Glück an manchen Tagen nicht fassen! David – was so sacht und abwartend begann, scheint etwas ganz Großes zu werden. Es fühlt sich an, wie die Entschädigung für das schlimmste Jahr meines Lebens. Das erste Mal überhaupt, dass ich mit einem Mann ein „WIR" spüre, mich traue mich fallen zu lassen und abzugeben. Ich glaube, ich bin die glücklichste Frau der Welt! – „David, ich liebe dich! Du hast den schwarzen Adler über mir endlich verscheucht."

„Carpe Diem, meine Liebe. Vergiss das nie"!

So war das...

Der Frühling hält sich noch zurück, aber David und ich sind schon unruhiger als die Knospen der Bäume vor dem Aufbrechen. Was wird uns das siebte gemeinsame Jahr bringen?

David macht sich um seinen Ruhestand keinen Kopf. Er möchte sich spontan entscheiden, Neues zu beginnen oder eben auch nicht. Ich bereite meine zweite Bilderausstellung vor. Ein Vortrag im nächsten Jahr ist in Planung. Die Schüler, die bei mir im Coaching sind, werden den Sprung auf das Gymnasium schaffen. Neue Buchthemen schweben mir vor..
Vor allem freue ich mich aber auf unsere nächste Reise. Wenn auch nicht alle Wege nach Rom führen, so wird uns unserer doch dahin bringen.

Ich massiere das schmerzende Bein und lächle...
Das Wetter!
Welch' großes Glück so ein Unfall sein kann!

Bücher von Karin Brose

Schulkleidung ist nicht Schuluniform

Survival für Lehrer

Survival für Referendare

Survival für Eltern

Leben In Versen

Schwarzer Adler über mir

Ein Kreuz mit Kugelschreiber
(Neufassung von „Schwarzer Adler über mir)

Golf, Spazierengehen auf Rasen

Mehr Info über Karin Brose unter

www.brose-artworks.de